隐居及其他
——罗扎诺夫随想录

〔俄〕罗扎诺夫 著 郑体武 译

中央编译出版社
Central Compilation & Translation Press

图书在版编目 (CIP) 数据

隐居及其他：罗扎诺夫随想录 / （俄罗斯）罗扎诺夫著；郑体武译.
—北京：中央编译出版社，2015.6
ISBN 978-7-5117-2588-2

I.①隐… II.①罗… ②郑… III.①散文集－俄罗斯－现代
IV.① I512.65

中国版本图书馆 CIP 数据核字 (2015) 第 068438 号

隐居及其他——罗扎诺夫随想录

出 版 人：	刘明清
出版统筹：	董 巍
责任编辑：	韩慧强　王媛媛
责任印制：	尹 珺
出版发行：	中央编译出版社
地　　址：	北京西城区车公庄大街乙 5 号鸿儒大厦 B 座（100044）
电　　话：	（010）52612345（总编室）　（010）52612363（编辑室） （010）52612316（发行部）　（010）52612317（网络销售） （010）52612346（馆配部）　（010）66509618（读者服务部）
传　　真：	（010）66515838
经　　销：	全国新华书店
印　　刷：	山东鸿君杰文化发展有限公司
开　　本：	850 毫米 ×1168 毫米　1/32
字　　数：	182 千字
印　　张：	7.5
版　　次：	2015 年 6 月第 1 版第 1 次印刷
定　　价：	36.00 元

网　　址：	www.cctphome.com	邮　箱：	cctp@cctphome.com
新浪微博：	@中央编译出版社	微　信：	中央编译出版社（ID: cctphome）
淘宝店铺：	中央编译出版社直销店（http://shop108367160.taobao.com）		

本社常年法律顾问：北京市吴栾赵阎律师事务所律师　闫军　梁勤
凡有印装质量问题，本社负责调换。电话：010-66509618

编者的话

在世界文学的百花园里,散文似乎是一朵永不凋谢的常春花,不论什么时代,也不论在哪一社会阶层或人群,散文不仅从不缺乏读者,而且在国内的图书市场近年来频频走低的情况下逆势上扬,多次出现散文热,大有异军突起之势。可见人同此心,心同此理,散文这一文学体裁在各国的读者中间一直拥有较为稳固的阅读群体。

从传统的意义上说,散文涵盖了韵文、戏剧以外所有其他的文学作品(prose),但这么说似乎太过宽泛,不甚符合时下一般读者心理上的期许。另一个观念是西方各国晚近才发展起来的一种较为短小的文学体裁(essay),其中主要由于法国蒙田(Michel de Montaigne,1533—1592)和英国培根(Francis Bacon,1561—1626)两位文学大师的写作而愈加趋于成熟,讲究修辞、炼句,大大突出了这一文学体裁的艺术特征,开始阶段主要偏重于说理及内省式的心灵独白,稍后风气渐开,意境也日趋阔大,写景、叙事、抒情各种手法逐渐丰富起来,出现了闲适体、格言体、论说体、传记体等不同的分野。此后尚有随笔(jotting, or sketch)一说,取其不拘一格,信手拈来之意。那些精心结撰、格外强调其艺术性的短章,则一般称作美文(belles lettres),亦即以文体取胜的文章圣手写作的纯文学作品。

而从实用的角度来看,散文的用途十分广泛,实际上,写好散文是从事其他各种文体写作的基础。初看上去,散文的手法多种多样,形式亦不拘一格,可长可短,比较容易上手。但既要把一件事叙述清楚,还要在其中传达出一定的感情、心绪,事情就不那么简单了。这里有一个对材料的处理问题，要考虑从哪个角度入手，考虑选取一个事件的哪些部分来加以突出，而事件的其他部分则从略或简写；同时，为达到这一写作目的，在叙述过程中还要考虑采取何种修辞手法及句式、语气，方能有效地表现出作者的感情色彩。如此看来，一篇散文从布局谋篇，到具体段落的行文甚而至于每个句式的选择，都需作者付出一定的辛劳，否则就不能如意。

缘此，我们从世界各国的散文经典中遴选出一些篇目，分批推出，以飨读者。我们的选择在国别、语种等方面考虑不多，在风格、特色方面亦无一定成见，但入选作家则都是耳熟能详、历经时间考验的世界经典作家，译者也大都是国内译界的名家、大家。我们相信，在国内一批相当有眼力的读者的鼓励与支持下，经过几年坚持不懈的努力，这个散文书坊一定能够成为大家喜爱的芬芳馥郁的百花园。

中央编译出版社编辑部
2015年5月

目 录

译　序　01

隐　居　001

落叶　第一筐　059

落叶　第二筐　129

当代启示录　207

译 序

瓦西里·瓦西里耶维奇·罗扎诺夫,俄国哲学家、思想家、文学家、政论家和教育家。1856年生于伏尔加河畔的一个小城,少失怙恃,靠长兄抚养成人。从小崇拜陀思妥耶夫斯基,为更多地了解这位他心目中最伟大的作家,十八岁时娶陀氏情妇阿·苏斯洛娃为妻。这是一次失败和不幸的婚姻。1878年考入莫斯科大学文史系,四年后毕业,先后执教于几所边远市镇的中学,讲授史地。这期间,结识瓦·布加吉娜,并与之同居,生下五个孩子。由于苏斯洛娃始终拒绝离婚,根据东正教教规,罗扎诺夫与布加吉娜的结合只能视为"非法",所生子女亦为"私生子"。这种形式上的双重婚姻生活对罗扎诺夫一生的思想和创作影响极大。罗扎诺夫在外省生活长达十余年,他的处女作和成名作都是在那儿写成的。发表于1891年的长篇文论《陀思妥耶夫斯基关于宗教大法官的神话》轰动了当时的文坛,该文为将陀氏阐释为宗教思想家奠定了基础,同时也为后来的形式主义的文本分析开辟了道路。1893年携家人迁居彼得堡,并相继发表《教育的黄昏》和《名言与观察》,对现行教育体制予以猛烈抨击。此外,《俄罗斯家庭问题》、《模糊和迷乱的世界》和《一张黑脸》等,也都是名噪一时的作品。20世纪头十年的后期,由于受到世俗和教会两个方面的排斥,罗扎诺夫开始脱离彼得堡文化圈,过起离群索居的生活,并在孤独和自省中写出了他一生中最优秀的作品:《隐居》(1912)、《落叶》(第一筐,1913)和《落叶》(第二筐,1915)三部曲。同时,对困扰他一生的犹太问题作了更深入的思考和研究,出版了《毗邻所多马(以色列之源)》、

《耶和华的天使在犹太人中间》和《欧洲与犹太人》。1917年秋，罗扎诺夫举家迁入莫斯科近郊的谢尔吉隐修院，次年发表最后一部作品《当代启示录》。1919年2月5日，这位俄国历史上最容易引起争议，也最让人困惑不解的思想家和文学家，在寂寞和潦倒中悄然辞世，时年六十三岁。

《隐居》、《落叶》（第一筐，第二筐）三部曲和《当代启示录》是罗扎诺夫的代表作，就体裁而言，它们的写作原则超出了我们所称的文学。这里，有瞬间的感受、意外的彻悟，也有生活的自述、心灵的记录；有旅行和外出时"在火车上"写的、"在马车上"写的，也有在家读书看报或"鉴定古币"时写的；有因一时找不到纸而"写在信封上"或"写在名片上"的，甚至还有洗澡时"写在鞋底上"的。像日记，不完全是日记；似随笔，有别于随笔；没有固定的章法，彼此间缺乏连贯，形不成完整的体系，却真实而自然地反映了思想的原始过程和状态。

很难将三部曲归入哪一种体裁。英国学者兰珀特认为这是一种"非常机智的独特的文体"，施克洛夫斯基则形象地称之为"无情节小说"。罗扎诺夫本人认为："文学的本质并不在于虚构，而在于内心对倾诉的需求。"他还说：他没有形式，如一团乱麻，如母体中的胎儿。要保持直接来自灵魂，未经加工，没有目的，没有意图的"呐喊，叹息，飘忽的思绪，飘忽的情感"的本来面貌，就势必突破现有的文学规范。而罗扎诺夫创造的这种不像文学的文学，没有形式的形式，或者说是全新的文学，全新的形式，无疑恰好适应了"倾诉"的需要。

三部曲是非同寻常之作，它们具有鲜明的"手书性"。作者宣称："我始终一个人写作，实际是为自己写作。灵魂的手书性，就是这样赋予了我的《隐居》一种全新的，自印刷术发明以来还不曾有过的笔调。"罗扎诺夫之所以强调"手书性"，是因为他发现书刊带有诱导性的修辞倾向，带有人为痕迹，与读者有距离感，从而失去了心与心直接交谈所具有的诚挚和率真。因此，他要还文学以手书笔调，向"大众文化"气息、向缺乏个性的文学发出强烈抗议。

罗扎诺夫是一个狂人、怪人，也是一个无比真诚的人，是一个思想丰富、风貌独特的思想家和文学家，也是一个充满矛盾和"悖论"的思想家和文学家。这一点鲜明地表现在他的民族观点，尤其是对犹太问题的看法中。这里限于篇幅，无法一一展开评述，有兴趣的读者可参阅拙著《危机与复兴——白银时代俄国文学论稿》中有关罗扎诺夫的部分，以便对罗扎诺夫的思想与个性获得进一步了解。

罗扎诺夫无论是在俄罗斯还是在西方，均享有崇高声誉。高尔基说他"极有才华，胆识过人，思维敏捷……是俄罗斯当代最有意思的人"；吉皮乌斯说他"与其说是一个人，不如说是一种现象"；茨维塔耶娃称他"是个天才"；普里什文认为："对我来说（我想对别人也一样），在我这个时代，最杰出的作家当属罗扎诺夫"；劳伦斯指出：罗扎诺夫的作品具有惊人的当代性，至今读来依然清新，依然充满活力；兰珀特则说："他几乎就是俄国的劳伦斯，但要加上一点戏谑感，减去一点社会热情。"

最后要说明的是，这里介绍给读者的是一个选本，平均约占原版总篇幅的三分之一。这也是罗扎诺夫作品的第一个中译本，欢迎读者对译文中可能存在的缺点和错误批评指正。

郑体武

1997年3月20日

隐　居

夜半的风破窗而入，哗啦啦地撕扯着案头的纸片……如此，生命在逝者如斯的时间里撕扯着我们灵魂的呐喊、叹息、飘忽的思绪、飘忽的情感……它们作为一种有声的断片，显得那么举足轻重，因为它们直接来自灵魂，未经加工，没有目的，没有意图——没有不相干的一切……简言之，"灵魂还活着"……也就是说，"活过"，"呼吸过"……不知什么原因，我很早便喜欢上了这些"出人意料的呐喊"。它们在我们身上不停地流动，但你却无法及时把它们记录下来（手头无纸笔），只好任其自生自灭。事后无论怎么回忆都是徒劳的。不过，我还是记下了一点儿什么。日积月累，积少成多，于是我决定把这些散乱的纸片收集起来。

为什么？谁需要？

只不过我需要而已。哈，好心的读者，我已好久"不为读者"写作了——因为我喜欢这样。既然"不为读者"，又何必发表呢？喜欢而已，别无其他。如果读者突然发现，买我的书是个错误，并将它无情地扔进废纸篓（或者更划算一些，把它送到旧书店，打对折卖掉），我是绝对不会伤心落泪或暴跳如雷的。

好吧，读者，我不会对你恭敬，你也不必对我客气：

——见鬼去吧！

——见鬼去吧！

Au revoir[1]，另一个世界见。跟读者在一起，要比独处无聊得多。他张着嘴，等着你喂他。在此情形下，在他大吼大叫之前，他的样子活像一头驴。这场面可不怎么雅观……还是让他去见上帝吧……我在为一些"不为人知的朋友"写作，或者，"谁也不为"又何妨？……

---

1 法语：再见。

每当颓废派文人来访,我总是在夜半光景送客,并让那些无所作为的人走在前面,而对走在最后的善良的维克托·彼得罗维奇·普罗泰金斯基(一个富于幻想的教师)则打个手势,示意他留下。

人有两只脚,如果五个人同时脱下套鞋,就会让人觉得非同小可。门口摆着这么多的套鞋,连我自己也惊讶不已,真是数不胜数啊。我和普罗泰金斯基不由得笑道:

真多啊……

真多啊……

我一直自豪地认为,"civis rossicus sum"[1]。我家的餐桌旁坐着十个人,还要加仆人。人人都靠我的劳动吃饭,人人都在我的辛苦旁边找到了自己在世界上的位置。Civis romanus[2] 全然不是"赫尔岑[3],而是"罗扎诺夫"。

赫尔岑可是"悠哉游哉"……

我们的思想从一个不知名的地方来,又到一个不知名的地方去。

你要坐下写点什么,可一坐下,写出来的东西却风马牛不相及。

在"我想坐下"和"我已坐下"之间只那么一个瞬间。这些完全两样的思想从何而来呢?它们为什么跟我在房间里徘徊时的想法和要坐下来诉诸笔墨的想法相去甚远呢?

你用锐利的目光看一眼一个俄罗斯人,他会用锐利的目光看一眼你……

一切都是不言而喻的。

用不着任何解释。

---

[1] 拉丁语:我是个罗马公民。
[2] 拉丁语:罗马公民。
[3] 赫尔岑(1812—1870),俄国革命家,作家,哲学家。

而这对一个外国人来说是不可思议的。
在马路上

每一天都应该这样生活：仿佛你一生就是为这一天而活着。
回家时，在大门口

写作的秘密存在于灵魂中永恒而不由自主的音乐。如果没有这音乐，人只能把自己"造就成作家"，但他不是作家。

……
有什么东西在灵魂中流动。永远地流，不停地流。是什么？为什么？谁知道？——最不明了的莫过于作者。
鉴定古币时

生活的苦痛远比对生活的兴趣强大。这便是宗教总能战胜哲学的原因。
鉴定古币时

据说，人人渴望荣誉。也许，是在年轻的时候吧。但在老年或接近老年时，世上再没有什么比荣誉更令人生厌的了。不是说它"无聊之至"，而是说它乃"百病之源"。
鉴定古币时

P.[1] 的生活多么虚伪，多么虚假啊；他的个性多么虚伪，多么虚假，难以容忍啊；却是个天才。我说的不是痛苦：可这天才与丑

---

[1] 可能是指勒齐（1861—1913），俄国哲学家、政论家，罗扎诺夫的朋友。

陋的结合是多么不堪入目啊。

他艰难吗？我没发现。他似乎永远是幸福的。可他的内心深处有多么痛苦啊。

他身边是这位肥胖而漂亮的女人，她吞食了他，像鲸鱼吞食了约拿：她占有欲极强，虚荣心极强，同时又热烈如火，甜得腻人。他们双双痴迷于民主，而且只有一个理想：如何得到宫廷的订单。确切地说，他们的民主产生于他们已很久没有接到宫廷的订单这一事实（她的回忆录中有几句话）。

不过，他这个天才是不能同他的前人或同时代人相提并论的。

这真令人伤心和恐惧。不错，很多东西我不懂，因为我觉得这很可怕。似乎是一个"流向地狱深处的漩涡"。

在文稿的背面

培育一株小草，难于摧毁一间石屋。《心灵的痛苦印痕》中说：多年的文学生涯使我耳濡目染，感触颇深：只要你写点儿什么可笑的、恶毒的、破坏性的、有杀伤力的东西，人们马上便会如饥似渴地竞相传阅。

——"庸俗，庸俗"……然而，如果你写出一本或一篇内容值得肯定的东西，无论你用心多么良苦，心血花了多少，都是没有用的，没人肯花力气读它，甚至懒得翻一翻。

这里是："没情绪，太枯燥，厌倦了。"

"厌倦了"什么呢？要知道，你还没有读过。

"反正是厌倦了。我早就知道……"

那里是："我们奔走相告。我们先睹为快。我们感激不尽。"有什么可"感激"的呢？要知道，我已身败名裂或将要身败名裂。

"无所谓……真让人高兴。活着真让人高兴。"人们喜欢观火。

喜欢看杂技。喜欢打猎。甚至喜欢看人落水:见死不救。

就是这么回事。

因此我厌恶文学。

鉴定古币时

我特别讨厌我的姓。在自己的文章上署名罗扎诺夫时我总有这是别人写的这种感觉。哪怕是"鲁德涅夫[1]","布加耶夫[2]随便什么也好嘛。或者索性来一个平平常常的俄罗斯姓"伊万诺夫"[3]。有一次我走在街上,一抬头看见:

"罗扎诺夫德式面包店"。

咳,事实就是这样:所有的面包店主都姓"罗扎诺夫",顺理成章,所有的罗扎诺夫都是面包店主。这样的傻瓜(有这样一个愚蠢的姓)为之奈何。比此姓更糟糕的只有"卡布鲁科夫",[4]这简直是耻辱。还有"斯捷奇金"[5](署名斯达罗杜莫夫的《俄国通讯》的评论员):这同样是耻辱。然而一般说来,本人是极不情愿姓一个令人不快的姓的。我想,勃留索夫[6]大概经常为自己的姓而沾沾自喜。正因为如此,《罗扎诺夫文集》对我毫无吸引力。甚至可笑之至。《罗扎诺夫诗集》简直不可想象。有谁会读这样的诗呢?

——你是干什么的,罗扎诺夫?

---

[1] 姓此姓的有俄国医师,病理解剖学实验学派创始人米哈伊·鲁德涅夫(1837—1878)。罗扎诺夫的岳父也姓此姓。
[2] 姓此姓的有象征派诗人鲍里斯·布加耶夫,即安德烈·别雷(1880—1934)。
[3] 姓此姓的有象征派诗人维亚切斯拉夫·伊万诺夫(1866—1949)。
[4] 姓此姓的有经济学家,统计学家,社会活动家尼古拉·卡布鲁科夫(1849—1919)。
[5] 哲学家,生卒年月已不可考。
[6] 指象征派诗人瓦列里·勃留索夫(1873—1924)。

——我是写诗的。

——傻瓜。你还不如去烤面包。

千真万确。

这别扭和讨厌的姓还附带给了我一副其貌不扬的外表。读中学时,当别的同学放学回家了,我却站在走廊里的一面大镜子前,不知"偷偷地流过多少眼泪"。面颊通红,皮肤不好看,而且发亮(不是干性的)。头发简直是火红色(中学生的),朝上直立着,却不像高贵的"刺猬"(男人性格),而像汹涌的波涛,怪模怪样的,没见过有谁像我。我抹了发蜡,可头发还是不服帖。回到家,再照镜子(拿在手上的小镜子):"唉,谁会爱上这么讨厌的人呢。"简直太可怕啦。但同学们却很喜欢我,而且我一直是"头目"(反对领导、老师,特别是校长)。"瞪大眼睛"在镜子里寻找脸上的漂亮之处时,我自然没有看见自己的"目光","微笑",一句话,没有看见自己脸部的生命。我想,恰是我的这一面才是有活力的,赢得了许多人对我的爱(一如我对他们同样报以爱)。

可我在心里还是免不了要想:

——不,这可完了。女人永远不会爱我,没有一个女人会爱我。怎么办呢?躲进自我之中,跟自己,为自己(不是利己主义的,而是精神上的),为将来而活着吧。当然,天生一副没有吸引力的外表只是我走向内省的原因之一。

如今,罗扎诺夫这个讨厌的姓甚至让我喜欢;补充一下:我从小就喜欢穿过的破旧衣服。"新衣服"总是让我坐立不安,甚至浑身难受。一句话,我对待鞋、帽和衣服的态度就像对待酒:越老越好。

如今我开始喜欢这一切:

——我简直没有形式（亚里士多德的 causa formalis）。[1] 一团乱麻。但这是因为，我整个是精神，整个是主体；主体的东西在我身上的确无限发达，我不知道，也想象不出有谁能同我相比。"太好啦"……我是"最最接近未出生的人"，仿佛"还躺在母体中（如一团乱麻）"——我无限爱她，去世的妈妈——并"倾听着天国的歌声"（我似乎总能听到音乐，这是我的特点）。"太好啦！好极啦！"当我本身（在自己之中，在一团乱麻中）让人感到无限的兴趣，而灵魂既老成持重（好像我已一千岁），又天真年少（好像我还是一个孩子），我要一副"漂亮面孔"或"新衣服"何用？好！真好……

鉴定古币时

在俄罗斯，所有的财富都是"索取的"，"赠予的"或"掠夺的"。靠劳动致富的很少。因此它既不稳固，也不受人尊敬。

在卢加至彼得堡的列车上

犬儒主义可是来自苦难？你可想过这个问题？

1911 年

我想不想要身后的名（让我感到当之无愧的）？

我内心多年来始终为一种痛苦困扰，它压抑着我对名声的渴求。我觉得，名声只会加重我的痛苦（如果说灵魂不死的话）。

因此我不想要名声。

我希望，有些人能记住我，但全然不是称赞我；而且有一个条件，记住我的同时，也必须记住我的亲近的人。

---

1 拉丁语：因果形式。

没有对他们,对他们的善良,对他们的人格的记忆,我不愿意被人们记住。

何来这样的感觉?来自一种愧疚感,来自一种深刻的意识:我不是一个好人。上帝给了我才华,但这是另外一回事。更为可怕的问题是:我是不是一个好人——且回答是否定的。

我的肩头站着两位天使:一个是笑的天使,一个是泪的天使。她们永恒的争论乃是我的生命。

在三一桥上

嘲笑并不能杀人。嘲笑只能伤人。
忍耐能战胜形形色色的嘲笑。

关于虚无主义

技术一旦与灵魂联手,便会给灵魂以万能的力量。但它同时也压抑了灵魂。出现了"技术灵魂 contradictio in adjecto[1]。
于是灵感死了。

印刷术及一切新东西

在我那个时候,在我的有生之年,产生了不少新词:1880年时我自称是"心理变态者",这个成功的新词着实让我兴奋了一阵。在我之前,这个词儿我是闻所未闻。后来(叔本华时代),很多人开始这样称呼自己或别人,再后来又出现在杂志上。如今,这已是个骂人的绰号,但最初的意思指的是"精神病",类似拜伦,也就

---

[1] 拉丁语:自相矛盾。

是说是指诗人和哲学家。维特[1]就是个"心理变态者"。此后,晚些时候,出现了"颓废派"这个词儿,于是,我同样又成了最早的颓废派成员之一。施佩尔克[2]曾自豪地说自己:"老兄,我是颓废派。"这比我们两个人听到勃留索夫的名字还要早,而别雷还没有出世呢。如今"悟性"这个词儿很流行,需要看看书中的解释;但我正是恪守"悟性"与"情绪"的含义,带着对其意义的明确认识,带着对其重要性的承认,来写作这本书的。

所有这些社会和文学中的新词,表达了——分阶段地——人的自我认识的深化。人人都开始有几分像"梅特林克"[3]了,且实质就在于此。不过,成为梅特林克要早于听到梅特林克。

饥饿者如此饥饿,可见革命不无道理。然而,说革命不无道理不是出于意识形态,而是它作为一种冲击,作为一种意志,作为一种绝望有其合理之处。我不是"圣徒",也许,比你还坏:但我是一只狼,饥饿而敏捷的狼,且饥饿给了我勇气;而你是个四岁阉牛,如果说你曾拥有可以置我于死地的利角和铁蹄,那么现在——你老了,没有气力了——还是让我吃了你吧。

革命之于"旧制度"——这只是"年轻力壮"之于"老朽无能"。但这不是观念,无论如何不是观念!

一切社会民主主义理论都可以归纳为这样一个论题:"我要吃饭。"怎么说呢,这论题并不错。连上帝也不会有异议。"谁给了我胃,谁就有责任给我食物。"宇宙学。

是的。但幻想家则总是回避:因为他爱自己的幻想甚至超过食

---

1 维特,歌德小说《少年维特之烦恼》中的主人公。
2 施佩尔克(1870—1897),哲学家,罗扎诺夫的朋友。
3 梅特林克(1862—1949),比利时剧作家,诗人,诺贝尔奖金获得者。

物。而革命却不适合幻想。

所以,大概就因为革命不适合幻想,革命才不会成功。"打碎的器皿将会很多",但"新的大厦却建造不起来"。因为只有一个处心积虑的幻想家在建造;米开朗琪罗建造过,达·芬奇建造过,但革命对他们所有的人嗤之以鼻,并在婴儿状态,在十一至十三岁时,即当他们内心一旦出现自己的东西时,将他们窒息而死。——"哎,你们这些自高自大的人,不愿跟我们说说笑笑,开诚布公……要拥有什么自己的灵魂,而不是共同的灵魂……丢开给了你们生命和父母的集体——没有集体你们早就饿死了,可现在,又想拿回自己的东西。你们去死吧。"

轮廓如驴的"新的大厦"将在第三代、第四代的手中倒塌。

我灵魂的每一次波动都伴随着诉说,每一次诉说我都想记录下来。这是本能。文学莫不是诞生于这种本能?因为并未考虑发表:显然,"古腾贝格"[1]是后来的事。

我们的文学同发表联系如此紧密,以至我们竟忘了,文学早在发表前就已存在,而且就实质而言,它也不是为发表才存在的。文学在静默中诞生,为自己而诞生;发表只是后来的事。但这发表——只不过是一种技术而已。

如果你把祷告从世界的本质中取出,让我的舌头,我的智慧同祷告语言、祷告事业、祷告本质分离,让我不能祷告,别人也不能祷告,我会瞪大眼睛高声吼叫着跑出家门,跑啊,跑,直到倒下。没有祷告简直无法生活……没有祷告,这是恐怖和疯狂。

---

[1] 古腾贝格(1394/1399—1468),德国发明家,印刷术发明者。

但这一切只有在哭的时候才能理解……如果一个人从未哭过，也不会哭，该如何跟他解释呢？他什么也不会明白。要知道，有很多人从来不哭。

作为丈夫，他不爱妻子；作为父亲，他不关心孩子；妻子背叛他，他不当一回事；儿子被赶出校门，他大骂学校并让儿子转学。请问，教会能对这样的"实证主义者"说什么呢？他会耸耸肩膀，一笑了之。

是的，但他——并不代表所有的人。

真正的实证主义是需要的，永恒的；但只是针对某一部分人。需要实证主义的是"实证主义者"；问题的关键不在于"实证主义"，而在于"实证主义者"；人在这里和在所有的地方一样——先于理论……

不错……

信教者早于任何宗教，"实证的人"远比奥古斯特·孔德[1]出生得早。

鉴定古币时

"朋友"[2]是上天赐给我的指路明星……我跟随她十年（从1889年开始）：在这段时间里，我所做的一切好事，或者说我身上一切好的东西，都来源于她；而我身上所有坏的东西，都来源于我自己。不过我很固执。只是我的心始终在哭泣，每当我偏离了她。

鉴定古币时

人身上有多少美好的东西啊——出乎意外。

---

[1] 孔德（1798—1857），法国实证主义哲学家。
[2] "朋友"，作者对自己的第二个妻子，即非法婚姻的妻子之称呼。下同。

人身上有多少丑恶的东西啊——同样出乎意外。

在马路上

创造精神吧,创造精神吧,创造精神吧!看啊,它整个正在崩溃……

在城外大街上,周围尽是妓女

无论是一人独处,还是跟大家在一起,我都感觉惬意。我既孤僻又爱交际。但我独自一人时,我完整的;跟大家在一起时,我是不完整的。归根结底,一个人更好。

一个人更好——因为一个人时,我跟上帝在一起。

放弃才华,放弃文学,放弃未来,放弃荣誉或名气……我轻而易举放弃幸福,放弃安宁……我不知道能否做到。但放弃上帝我永远不能。对我来说,上帝乃是最大的"热源"。跟上帝在一起,我感到最为温暖。跟上帝在一起,永不寂寞,永不寒冷。

归根结底——上帝是我的生命。

我为他而活着,通过他而活着。脱离上帝——我不存在。

对我而言何为上帝?我可害怕他?一点儿也不。他会惩罚我吗?不。他会给我以未来的生命吗?不。他养育我吗?不。我通过他而存在,而被创造?不。

那么他对我来说到底是什么?

是我永恒的忧伤与欢乐。特别的,不属于任何事物的忧伤与欢乐。

那么是不是说上帝即"我的情绪"?

我喜欢强迫我亦忧亦喜的人,跟我说话的人,指责我,安慰我的人。

这是某个人。这是一张脸。上帝之于我永远是"他"。或者是

"你永远那么亲近。

我的上帝很特别。这只是我的上帝,不属于任何人。假如还属于什么人的话,那么是我对此一无所知,也不感兴趣。

"我的上帝"是我的无限的隐私,我的无穷的个性。隐私就像一个漏斗,甚或两个漏斗。一个是聚光的,始于我的社会的我,终于一个点。通过这个漏光点的只有一条光线:它来自上帝。在这个光点之外是另一个漏斗,它不是聚光的,而是向着无穷扩散光:这是上帝。"上帝在那里"。所以说上帝:

1. 是我的隐私;
2. 是无穷,世界本身是其中一个部分。

我自己经常骂俄国人。甚至几乎干什么都要骂他们。"讨厌透顶的谢德林。"[1] 但为什么我要恨那些也骂俄国人的人呢?甚至几乎只恨那些仇视和鄙视俄国人的人。

与此同时我毫无疑问也鄙视俄国人,到了厌恶的程度。不合常理。

鉴定古币时

世界伊始有两种哲学:不明不白地总想鞭打别人的人的哲学,即鞭打者的哲学和被鞭打者的哲学。但从曼弗雷德[2]到尼采[3],西方哲学一直被一种索洛古勃[4]式的欲望所困扰:"我该把谁鞭打一顿呢?"

人们崇敬尼采是因为,他是德国人,而且是个受尽疾病折磨的

---

[1] 谢德林(1826—1889),俄国讽刺作家,著有《外省纪事》和《一个城市的历史》等。
[2] 曼弗雷德,拜伦同名诗剧主人公。
[3] 尼采(1884—1900),德国哲学家。
[4] 索洛古勃(1863—1927),俄国颓废派诗人。

人。但如果是一个俄国人以个人名义说出这样的话:"我主张落井下石",人们肯定会说他是个恶棍,根本不会有人谈他。

佩尔卓夫《新与旧之间》一文读后

就连笨蛋也能将我蒙骗一时,尽管我知道,他是个笨蛋,他在把我引向歧途,最终会导致我的毁灭,我还是要跟他走。不过,我要"荣幸地"指出,我被愚弄有二分之一情况要归因于我一点儿也不善于对别人说:"傻瓜","你在骗我"之类的话。生平一次也没说过。唯一的一次,为了不把别人置于尴尬境地,我假装,有时成年累月地装,他的一切指教是很高明的,或者,假装把他当作一个有素养的正人君子,而且很爱护我。还有四分之一情况归因于我从小养成的对外在生活的无所谓态度(如果不是什么危险的话)。但四分之一情况则纯属缺点和软弱的表现——用不着多加解释。

……

幻想是另一回事:无论何时何地,面对何种影响,我都雷打不动;甚至小时候也这样。从这一意义上讲,我是个彻头彻尾的"不接受教化的人",彻头彻尾的不屈服于"文化影响"的人。

几乎与缺少生命意志(实现的意志)成反比,我具有一种幻想意志。甚至好像还更持久一些,更坚定一些……这便是——"雷打不动","绝不让步"。

表面上看,我是个"好好先生"。

骨子里(主观)绝对"不屈不挠","不能苟同"。还要再加上一个副词。

我就像娘肚子里的胎儿,却不愿意出生。"我在这里同样其乐融融……"

夜里,在马车上

上帝召唤亚伯拉罕[1]，而我召唤上帝……这就是全部区别。

无论从哪个角度说，都不曾有一个《圣经》专家研究过《圣经》故事的这一特别和奇怪之处：请注意，不是亚伯拉罕找上帝，而是上帝找亚伯拉罕。《圣经》里甚至清楚地指明：亚伯拉罕长期逃避圣训的约束……跑了，但上帝把他抓了回来。于是他回答："现在我将忠实于你，我和我的后代。"

鉴定古币时

文学乃是最令人厌恶的一种交易。由于这里聚合了几种才能，且用作交易的东西实际是真正的精神财富，因而倍加令人厌恶。

在一张稿纸的背面

真理高于太阳，高于天空，高于上帝：因为如果上帝不是始于真理的话，他便不成其为上帝，天空无异于一片沼泽，太阳只是一只铜盘。

在一张稿纸的背面

人们啊，想让我告诉你们一个振聋发聩的真理吗？这真理没有一个先知告诉过你们……

嚯……当真？

这就是：个人生活高于一切。

哈哈哈！哈哈哈！哈哈哈……

是的，是的！这话没有人说过，我是第一个……只须坐在家里，哪怕是抠鼻屎，看日落。

---

[1] 亚伯拉罕，神话传说中的犹太始祖。

哈哈哈！……

真的，这是宗教的通义……所有的宗教都将消亡，只有这一条万古长存：只须——坐在椅子上，眺望远方。

1911 年 7 月 23 日

我觉得，人们似乎不大喜欢托尔斯泰，他也感觉到了这一点。他死的时候，没有一个人在他身边悲痛欲绝，没有一个人显得难分难舍，那种"疯狂的行为"连影子也没见到。一切都"高度合乎理智"；这便是庸俗的印记。

我还不至于这么下流，要考虑什么道德。我的灵魂在这个世界上浪荡已有一百万年了；忽然我竟对它说：你，宝贝儿，别忘乎所以，要"合乎道德"地浪荡。

不，我要对它说：去浪荡吧，宝贝儿；去浪荡吧，可爱的灵魂；去浪荡吧，善良的灵魂；去浪荡吧，随便怎样。而到了晚上，你可要去见上帝。

因为我的生命就是我的白天，恰恰是我的白天，而不是苏格拉底[1]或斯宾诺莎[2]的。

在火车上

"幸福在进取中"——青春说。

"幸福在安宁中"——死亡说。

"我能战胜一切"——青春说。

---

[1] 苏格拉底（公元前470—399），古希腊哲学家。
[2] 斯宾诺莎（1632—1677），荷兰哲学家，无神论者。

"不错,但一切都有终结"——死亡说。

艾德库农——柏林列车上

啊,我的痛苦的"经验"……我为什么要知道一切。现在已无法像我希望的那样平静地死去了。

1911 年

"这个人对很多东西都津津乐道,谈起自己更是有滋有味"(屠格涅夫)。起初,我们对这句讽刺性的妙语报以一笑,可后来(过了一年),则不知怎么有点儿伤心:可怜的人啊,人们甚至要剥夺他谈论自己的权利。他不但要受苦受难,还要对此保持沉默。由此看来,意欲抨击别人俗气的屠格涅夫,本身好像也很俗气。

我却相反,发现好人与坏人无论如何区分不开,除非根据他们倾听别人讲话时的反应来判断。津津有味地听,不感到枯燥——这便是一个真实的信号,说明这个"听者"是个善良、明理、朴实的人。可以跟他交朋友。可以信任他。但千万不要指望跟既听你讲话又感到厌烦的人交朋友,他关心的只有自己,考虑的只有自己。一个人肯推心置腹,倾肠而谈,说明他把周围的人当成自己的兄弟。跟别人讲述自己的故事就是对别人有好感。

我既不喜欢听,也不喜欢讲,意识到这一点以后,我很苦恼。我甚至连学都学不会。这说明我很笨拙。

施佩尔克有一次对我说:"不是在您的意图中,不是在您的思想中,而是在作为一个人的您身上有一种不好的东西,有一种不纯的杂质,一种在组织或血液里的浑浊的东西。我不知道是什么,但我能感觉到。"他很爱我(我认为超过其他人——除了不相干者)。他很敏锐,知道"事物的根源"。而且,既然他这么说,那就说明这是真的。

我们身上坏的东西乃是我们的宿命。但需要知道这宿命的刻度和方向，做到"心中有数"。当然，温度计也有出错的时候，但科学家能胜任此事，予以纠正。

我会不会只想成为一个好人？那会很无聊的。但有一点我无论如何是不会去想的，这便是成为一个坏人，有害的人。否则我宁可去死。然而我在生活中始终是一个笨得可怕的人。我的言谈举止笨拙得如此可怕，甚至到了不会"站起"和"坐下"的程度。我简直不知如何是好。我不知道在哪里（站起，坐下，开口）最为恰当。因为这一点，在生活中，我越是接近别人，就越是让人感到为难，他们的生活也因我的接近而变得尴尬。因为我，有不少人吃尽苦头：完全不以我的意志为转移。

这是宿命。

现在谈谈人的笨拙问题。有一次，我站在弗拉季米尔大教堂附近一座小花园的礼拜堂里，也许，就在那座大教堂里，十四年前的事，记不清了。我发现，我压根就没听见人们在唱什么念什么。而我来的目的就是听，受感化。当时我想："无论何时，无论何地，我总像个外国人。"一切都让我感到陌生，一种奇怪的，与生来的陌生。不论做什么事，不论碰上什么人，我总是不能跟人一拍即合，一见如故。我在精神上是个不合群的人。一个独来独往的人。

这一切我用一个词儿"外国人"来表达。在我这里，这既是一种自责，也是一种忧虑。

这也是宿命。

"我们生下来什么样，进入坟墓还是什么样。"这是妊娠的特殊规律。继承性。父母瞬间的意念，朦胧的意念或无意念。他们就这样孕育了我,这在孩子身上已无可挽回。

"必然的东西"……

"外国人"……"哪里有伤哪里疼":莫不是因此我才无限热爱人与人之间的联系,处于联系中的人,互相爱护、彼此宽容的人?在此,我对他们的偏爱能克服一切障碍:世上再没有什么更令我厌恶,更令我痛恨的了,除了将人们分开的一切,妨碍人们沟通、结合、成为一体的一切。我甚至不问这沟通和结合是长久的还是暂时的。当然,最好是永远,如果不可能,那么哪怕是一段时间。这当然是好事,但如果这好事产生于坏事,产生于个人的不幸和缺陷,不是也很好吗?这就是事物的联系。于是你不能不说:"命运啊!宿命……"

我想不想让我的学说广为传播?

不。

那会让人不得安宁,而我是如此喜爱平静……还有落日的余晖,还有寂静的晚钟。

我特别讨厌那些我自己没有的缺点。但当我在别人身上碰到我自己的缺点时,我一点儿也不讨厌。我永远不会责怪他们。

这就是一切判断的界限,亦即这判断是权威的,还是非权威的,它在多大程度上是可靠的。我们人人都有尾巴,但翘向不同的方向。

我的文章里崇高的东西并非来源于我。我只会像女人那样,对之细心揣摩并加以提炼。一切都属于一个远比我好的人。

我的心智只是表现在我始终能把别人看得高于我自己,将其置于我之上。这样做让人感到轻松,甚至幸福。感谢上帝,我身上没有半点儿嫉妒心,正如我一直讨厌"竞争"。不需要,不相干。

家庭是一种最富贵族色彩的生活方式……是的！尽管有不幸，有错误，有意外（须知教会史上也有"意外"），但它仍不失为一种唯一具有贵族色彩的生活方式。

卢加——彼得堡列车上

不知为什么，每每想到人们将赞扬作为死者而且是个作家的我时，我总感到诚惶诚恐。

或许，这赞扬不无根据；但要知道，"令人伤心的材料"是进不了评语的。如果我名不符实，"在那个世界"我将无地自容。

如果有人会爱死后的我，那就让他保持沉默吧。

卢加——彼得堡列车上

我的灵魂由污秽、温柔和忧伤交织而成。或许还有：

这些小金鱼，它们在阳光下游来游去，却只限于这充满粪便的鱼缸。

它们不会憋死。甚至更有甚者……不可思议。然而，这是事实。

上帝给我全身镀了一层金。

我能感觉到……

上帝啊，我是多么深切地感觉到啊。

我的每一行字都是圣书（非学校意义和常用意义），我的每一个思想都是圣思，我的每一句话都是圣言。

——你怎么这么狂妄？——读者大叫。

——我就是这么狂妄。——我笑着回答。

我已大彻大悟……上帝啊，我是多么强烈地感觉到啊。

当我第一次,好像是在霍夫曼[1]的音乐会上,听到《弗朗切斯卡·达·利米尼》时,我陶醉了,我想:"这是我的灵魂。"

那是音乐的所在,那里能清晰地听到翅膀的扇动声(太令人惊奇啦!)。

"这是我的灵魂!这是我的灵魂!"

我从未想到内心会受到如此沉重的震撼,它构成了我的年与月,日与时。

我像风一样迅跑,像风一样不知疲劳。

——你去哪儿?为什么?

最后是:

——你爱什么?

——我爱我夜晚的梦想。——我对迎面吹来的风低声说道。

深　夜

老年,就其发展的阶段性而言,是对依附性的摆脱。死亡则是最后的凄凉。

到了老年,最折磨人的是不正确的生活:不是说"享受太少"(根本没这想法),而是说该做的事还没有做完。

我的"义务"思想至少是到老年才开始有的。从前我始终是凭"动机"活着,即凭"兴趣",凭"胃口",凭"愿意"和"喜欢"。我甚至无法想象我这样的"无法无天者"。作为"义务"的法制观念在我头脑里从未有过。"只是在字典里读到过这个'义'字打头

---

[1] 霍夫曼(1876—1957),波兰钢琴家,曾长期在俄国举办音乐会。

的词"。却不知道这是什么,而且也从不感兴趣。"义务是残忍的人杜撰的,目的是要压迫弱者,只有傻瓜才会对它唯命是从。"大致如此。

不过我一直有种恻隐之心。但这也是我的"胃口";还有感激之情,就像我的"兴趣"。我是如何假话连篇的,简直让人吃惊。撒谎从未令我难堪。这是出于一个奇怪的动机:"我到底想什么跟你们何干?""我有什么义务讲出自己的真实想法?"我的极为严重的主观性(主观倾向)使我的一生好像是在扯不掉、撕不烂的帷幔后面度过的。"没谁敢碰一下这张帷幔。"我在那儿生活,我跟自己在一起,我是真实的……而我在"帷幔这边"说了什么,我觉得,跟任何人都不相干。"我应该说些有用的话。""你们的批评只关心我的话是否有用,而且就连这也是有条件的:如果有害,就别往心里去。"我三十五岁时的格言是:"我写东西不用印花纸"(亦即随时可以撕掉)。

但是,如果说我在大多数情况下(我甚至认为一直是这样)写得还算真诚的话,那么,这并不是出自对真实的热爱——对我来说,它非但不存在,而且不能想象——而是出于粗心大意。粗心大意是我性情中不好的一面。撒谎——既要"胡说八道",又要"天衣无缝"——比"有什么说什么"难得多。我"有什么"总是摆在纸上:这便构成了我的全部真实性。它是天然的,却不是道义的。

"我就是这样成长的:你们如果不喜欢,就别看。"

所以我常认为(也许本来就是这样的),我是最真实最真诚的作家:尽管这里不含一丁点儿的道义。

"上帝造就我如此"。

从青年,甚至少年时代起,我就一直致力于将生活、命运、思想,最主要的,是将作品同上帝的"愿望"结合在一起。我的粗心大意大概由此而产生。我粗心大意是因为有个内在的声音,有个不可战胜的信念对我说:我所说的一切乃是上帝的旨意。这信念,这信仰并非始终那么强烈,但有时的确到了白热化的程度。我仿佛全身融化了,灵魂融化了,思想完全获得了一种特殊的形态,"舌头自己开口讲话了。"在这种情况下不是每一次我手里都有笔的,于是我便把心中所有一吐为快……但我感觉得到,我的话具有如此强大的震撼力,以至于墙壁都会倒塌,各种机关、各种法律、别人的"信念"等等,全都土崩瓦解……此时此刻我感到,我在讲一个绝对真理,没有半点儿偏差,一如它在世界之中,上帝之中,"真理本身之中"。可惜,这大部分都没能记录下来(一时找不到纸笔)。

犯罪感(如陀思妥耶夫斯基)我从未有过:但总有一种无尽无休的软弱感。

从七八岁开始我就变得软弱……这是意志——控制自我、控制自己的行为、"活动"和选择"职位"的意志的奇怪丧失。比如,我考入一个系是因为我哥哥读过这个系,跟哥哥并无智性上的联系,甚至没有任何联系。我总是走进"开着的门",而且"哪扇门开着"我无所谓。我生平从未作过选择,从未有过这个意义上的犹豫不决。这是一种奇怪的软弱和冷漠。我始终在想"上帝与我同在"。但"随便进哪扇门"不是出于"希望上帝不要抛弃我",而是出于对"与我同在"的上帝的唯一兴趣,以及由此而产生的对进哪扇门的不感兴趣。我走进门,在门那边,我的感觉要么是可怜,要么是感激……考虑到这两个因素我还是认为,我是一个好人:上帝会因此而原谅我的许多过失。

不管怎么说,楚科夫斯基[1]是个很好的作家。但这"好"是指他的作品,却不是指他本人。问题在于,他很有益,但不是一个有魅力的作家;而对文学来说,这是一切。

但他不是一个坏人,正如我极力展示的那样(列宾为他作的肖像画)。

彼得堡——基辅列车上

人站在两只锚上:父母,他们的"家",他的婴儿时代,这是一只锚;"初恋",十三到十四岁,是个转折,是另一只锚伸出的预兆……结局和圆满;"离岸"码头和"靠岸"码头。最后的停泊是坟墓;好在把人引向坟墓的是爱。但爱——这又意味着"生儿育女"并成为孩子们的"离岸"码头。

从这样的生活结构不难看出,genitalia[2]在我们身上比大脑更重要。"大脑"是船长,统治者。但对"航海"来说,显然,重要的不是船长,可以更换和雇佣的人,而是永恒的"离岸"或"靠岸"。东印度公司无论如何不是为满足船长而存在的,伏尔加河船运公司和粮食贸易也不是为他们而存在。

也就是说,"脸蛋漂亮"对女士而言,确实比"聪明才智"更重要。的确如此。她们也有同感。但只有她们。而学校呢?整个教育组织呢?——"背诵二次方程式"和"南美洲河流"。"还有拉普拉塔河的支流,别忘了。"但再明白不过甚至再好不过的是,她们什么也记不住。

卢加——彼得堡列车上

---

1 楚科夫斯基(1882—1969),作家,文艺学家。
2 拉丁语:生殖器。

我开始恨俄罗斯的一切,这便是我的结论。多么伤心,多么恐怖。令人伤心啊,尤其是在生命即将结束时。

这些没有睡醒的脸,没有打扫的房间,没有洒水的街道……让人厌恶啊,让人厌恶。

卢加——彼得堡列车上

要"读者朋友"干啥?我可是"为读者"而写作?不,我为自己写作。

——为何要发表呢?

——他们给钱……

主观因素与外部环境相吻合了。

于是乎出现了文学。仅此而已。

卢加—彼得堡列车上

我时常在心中感觉得到的,促使我不断地写作的究竟是一支什么样的箭?

这是我的罪过。

我通过罪过认识世界上的一切,我通过罪过(忏悔)从属于世界上的一切。

卢加——彼得堡列车上

所有的爱都是美好的,并且只有它才是美好的……

因为世间人身上唯一真实的东西就是爱。

爱与谎言势不两立:第一次"我撒了谎"意味着:"我已不爱","我爱得很浅"。

爱泯灭则真理泯灭。因此,"在世间寻求真理"就等于不断地真诚地爱。

卢加——彼得堡列车上

荣誉是条蛇。但它永远不能把我咬伤。

沐浴之后躺在温暖的沙滩上——这本身也是一种哲学。

但永远躺在沙滩上的流浪汉们,为什么不是一个出色的哲学流派呢?

鉴定古币时

那个小姑娘回来了,我送她一支铅笔。她从未见过,我也只能不明不白地解释,这是个什么"奇迹"。她和我感到多么愉快啊。是谁带着纯洁的灵魂降临在人间?啊,我们多么需要净化啊。

1911 年冬

……在那里,我也许是个"白痴"(有此流言),也许是个"骗子"(有此风闻);但论思想的广博,视野的开阔,我是前无古人的。而且,"一切都来自我自己的头脑",就连一个字也不曾借用别人的。真让人叫绝。我就是个让人叫绝的人。

写在鞋底上,洗澡时

命运爱惜的是那些被它剥夺了荣誉的人。

1911 年冬

什么原因使我不慕"虚名"(或影响),有时又这般苦恼(尽管有时也心安理得),苦恼自己在文学上一事无成,苦恼自己没有追随者,没有自己的"流派"?

是一种为人祈福的奇怪愿望使然。俗话说,你永远只能根据自己的判断行事(否则不可能)。我就是根据自己的判断行事的:除非拥有自己的思想,否则不可能幸福。如果没有我"地球照样转动",

我会很高兴的；在这种情况下，虽然我写的东西一如既往，但人们会不会读它，我已漠不关心了。

从这层意义上讲，渴望产生影响实际是一种高尚的情感：让自己成为所有人的朋友，让整个世界成为自己的朋友。

只有那时才不需要署名，而我是署名的。这真怪。然而，若说太平，"罗扎诺夫"得到的辱骂可要比赞扬多，而且我觉得，对我的辱骂比赞扬更凌厉，更透彻（在某些地方）。

整理这些随笔时

我不会跟上帝争吵，也不会背叛他，即使他没在祈祷中赐给我仁慈；我爱他，忠实于他。无论他做了什么，我都不会指责他，只会为自己而哭泣。

1911年忧愁的夏天，一只手一直动弹不得

东正教的灵魂是祷告。它的肉体是仪式和崇拜。但是，谁若认为，除了仪式它一无所有，谁就对东正教一窍不通——不论他有多么聪明。

1911年夏

谁喜欢俄罗斯人民，谁就不能不喜欢教堂。因为人民及其教堂——是二者的合一。而且，只有在俄罗斯人那里，才是二者的合一。

1911年夏

没有任何实现自我的兴趣，缺乏任何外在的"动力"，缺少"生存意志"。我是最不要求实现自我的人。

几封高尔基今年的精彩来信。他是个出色的人。但如果所有其

他的"左派"也这么看,这么认为,那么,首先,与我们的视野背道而驰,他们的视野有多么狭窄啊。难道这是真的,说什么激进主义与保守主义的差别就是视野的窄与宽的差别,"近视"与"远视"的差别?果真如此,那不就等于说,胜利者将是我们吗?然而,希望渺茫。

高尔基命中注定属于荣誉,属于上层。其实就本性而言他是个战士。既然"全都给打倒了",他跟谁斗呢?不是跟格林穆特[1]吧?不是跟卡特科夫[2]吧?想必也不是跟高尔基未必知道其生平的梅谢尔斯基公爵[3]吧。

于是只好"鸟尽弓藏"。

战士不是在战场上死去。我对他指出这一点,可奇怪的是,他丝毫未懂我的意思。

我生平遇到过三个人比我聪明,或曰比我有天赋,有独创性,别具一格:施佩尔克,勒齐和弗洛伦斯基[4]。第一位过早夭折了(二十六岁),尚无什么作为;第二位是个"滕捷特尼科夫",只在太阳底下晒肚皮。"拉小提琴的伊万·伊万内奇。"这是他给自己下的定义(别人的一篇文章里说的)。他们的出色之处在于,在他们的头脑中,或确切地说,在他们的心中,在他们的形而上学(出生前)的经验中,他们从不知道什么是错误;他们的观点可以盲目接受,不必检验,不必思考。他们的言论,思想观点,是最简单扼要的,常能照亮整个世界。他们几乎都是斯拉夫派;但实际上却不是,而是孤独者,"我"……

---

1 格林穆特(1851—1907),《莫斯科新闻报》的出版者。
2 卡特科夫(1818—1887),政论家,出版家。
3 梅谢尔斯基(1839—1914),作家,政论家,出版家。
4 弗洛伦斯基(1882—1943)宗教哲学家,学者,工程师,罗扎诺夫的朋友。

我见过的其他名人：拉钦斯基[1]，斯特拉霍夫[2]，托尔斯泰，波别多诺斯采夫[3]，索洛维约夫[4]，梅列日科夫斯基[5]——并不比我高明……

我感到在提格拉诺夫[6]身上（他写有一论瓦格纳的小册子）有一种很强有力的和独立性的东西。不过我们只见过一次面，而且当时我诚惶诚恐，以至没能仔细地看清他，听他。对此，我要说，他"也许比我有天赋"……

斯托普涅[7]非常聪明，且在某些方面比我看得准确；但总的说来不在我之上。

是的，还有一个人，康斯坦丁·列昂季耶夫[8]，我觉得比我强（跟他通信往来）。

但同上面列举的所有人相比，我有一个狡猾的优点（俄罗斯式的"心中有数"，含而不露），而且可能，正是因此我才没有像这些不幸的人（"不成功者"）那样毁掉。从童年起，从心惊胆战受尽折磨的童年起，我就习惯了沉默不语（并不断地思考）。总是沉默……总是听……总是想……那些傻瓜的话，还有这些聪明人的话……就这样，我身上的一切开始成熟，慢慢地，悄悄地……我从不知道着急，"再躺一会儿吧"……在当时，如果是他们，这不慌不忙早把一切给毁了，或者"发育不全"，而我既没毁了，也没"发育不全"。相比施佩尔克和勒齐，我的文学活动范围有多广啊，已出了多少本书啊……但在我的一生中，无论是报刊上的热烈反响，

---

1 拉钦斯基（1833—1902），植物学家，教育活动家。
2 斯特拉霍夫（1828—1896），哲学家，政论家，文学批评家，院士。
3 波别多诺斯采夫（1887—1907），国务活动家。
4 指弗拉季米尔·索洛维约夫（1853—1900）宗教哲学家，政论家，诗人。
5 梅列日科夫斯基（1856—1941），作家，俄国颓废派创始人之一。
6 提格拉诺夫生卒年月已不可考，音乐评论家。
7 斯托普涅（1871—1967），哲学家。
8 列昂季耶夫（1831—1891），作家，政论家，文学批评家。

还是人们的大声喝彩，都不曾像这三个人的友谊与尊重（我感觉得到，而来自施佩尔克的还有爱）那样，给我自豪和安慰。

但他们的文学命运如何呢？他们为什么这样默默无闻，被冷落，被遗忘？

施佩尔克似乎预感到了自己的命运，他不止一次地说过："您读过格鲁别尔（好像是）吗？没有？我特别喜欢收集他的东西。未被发现的无名作家都对我有吸引力。他们是何许人？当你在他们那儿发现非凡而空前的思想时，你是那么高兴。"这些话是多么朴实、深刻和精当啊。

我还记得他关于孩子的箴言："孩子跟我们的区别就在于，他们带着成年人无法接受的现实主义力量理解一切。在我们眼里，'椅子'是家具的一种。但孩子不懂'家具'范畴：对他来说，'椅子'是那么庞大，那么生动，而在我们就不然了。由此孩子从世界中获得的享受远比我们多。"

还有一个惊人的观点："世俗的规则是，孩子应该尊重父母，而父母应该爱护孩子。应该反过来：恰是父母应该尊重孩子——尊重他们独特的小小的世界和他们热情的随时可能受到伤害的天性；而孩子应该只爱父母——既然他们感觉到了父母的尊重，他们就必须爱父母。"

多么深刻和新颖啊。

托尔斯泰……当我跟他谈起自己和婚姻，谈论性，我发现，他对这些概念混淆不清，就像一个小学生不能区别和"u"、"i"和"ǔ"一样。说穿了，除了一个"要撑住"以外，他对此一窍不通。他甚至不会将一团乱麻条分缕析。没有分析，没有归纳，甚至没有想法一个劲儿地长吁短叹。跟这个人无法互相交流，这是不正常的。

在斯特拉霍夫身上，只有"坐在他肩上的小鬼"有些意思。这一点值得说说。他的痛苦是深刻的、神秘的，他对此闭口不谈。而言论，诉诸笔墨的东西，都是平淡无奇的铅字而已。

他这人孤高自傲。这算不了什么。他身上最好的东西是忧郁———他对此却只字不提。

波别多诺斯采夫是个优秀的人；但从未以任何方式表示过他具有"卓越的、天生的、俄罗斯的智慧"。他是如此平凡，以至不曾玷污自己的教授职位。

我有对不起他之处：在他死后我没敢写他的坏话。尽管我所言客观上不乏公正之处，但我在这些文字中并不高尚。拉钦斯基是个枯燥和认真的聪明人，没有什么新鲜和独到之处。

我完全彻底不知道的就是："我是什么"抑或"什么也不是"。一股气流吹到我脸上，于是我觉得，我是"什么"。但"卷轴展开"（普希金），出来的却是——"什么也不是"。

彼得堡——基辅列车上

"你怎么老是想自己。最好想想别人。"
——我没那个情绪。

彼得堡——基辅列车上

是的，也许，"建筑结构"不对：但它能让我们躲避风雨，躲避污泥——又怎忍心再毁掉它呢？

列车上，关于教堂

我的头在云彩下摇摆。
我的腿那么虚弱乏力。
在许多方面我对多神教、犹太教和基督教的理解要比鼎盛的古典时期的牧师们更充分、更透彻。

与此同时我又只是"今天的一个世俗的人",有着他的全部弱点,有着他的伟大的反历史的"不想要"……

但辩证法的秘密即在于此:"我的今天"——我想,在我之前没人像我这样看重今天——确实给了我全部的力量和洞察力。就这样,"强来源于弱,弱来源于强"。

"今天的一代"并非没有"多大意义":但又的确"没什么意义"。六十年一过"历史的一个叹息"——它所留下的并不比埃及的木乃伊留下的多。关于(19世纪)20年代的人我们知道什么?只有普希金讲过的东西。我们知道、记得他的每一行诗,还要加以研究。而他的同代人对自己的时代而言也是存在的,对我们的时代来说就无论如何不存在了。由此得出结论:活着,工作,就像谁也不存在,就像你根本没有"同代人"一样。如果你的思想和劳动有价值,它们就会战胜周围对你的憎恨、鄙视、排斥。强者终归是强者,弱者终归是弱者。这是"朋友"的母亲说的:"真理比太阳明亮。"

为真理而生活吧。而别人——由他们去吧,他们知道去哪儿。

每次去看医生,我总是坐在椅子的角上,并若有所思地小声说:"您不想揪我的耳朵吗?——请吧",或者"给我一记耳光也行——请吧,请吧,我能忍受,甚至还很乐意;但您必须在此之后努力治好我的病。"不知为什么,我总有这样的概念,即一切病都是不能治愈的,因此,我叫医生时始终是战战兢兢的:体温已39℃,说胡话——"噢,是这么回事,这是感冒,现在给你5克阿斯匹林,用醋稀释,还有芥末膏,'泻药',一些'家常药',会好的。"明明自己认为病是治不好的,却偏偏要叫医生。有一次,在伦特林医生那儿,在第三次手术[1]之前,我刚弯下身子,想在靠门的椅子上

---

[1] 这里指的是"朋友"的第三次手术。

坐下,就听见他不慌不忙地说:

"输卵管……要切除子宫颈……要清理干净,总之,要缩小子宫……"

可是,我的上帝啊,怎么癌尽生在子宫颈上呢,还要切除它,就是说,这癌……

当时我是怎么走回家的,我已记不得……

生命就这样完了……还剩下屈指可数的几年,衰老的、痛苦的、无用的几年……

一切都不需要了。这便是晚年的最主要感觉。特别是东西,物件、衣服、家具,所有的陈设。

生活的结论是怎样的呢?

意义太少了。活过,快乐过:这就是最主要的。"结果如何?"没什么特别的。也根本不需要有什么结果。无声无息——差不多是最渴望得到的。

在刚刚逝去和久已逝去的岁月里,最美好的东西是什么?自己的好的行为或还算正派的行为。还有——美好的会见:也就是认识一个善良的、合适的、可爱的人。这是进入老年以后记忆中的亮点,你会怀着安慰来看待这些亮点。只可惜,为数不多。

但轰轰烈烈的快感(对我来说不是很多)呢?所谓的"享乐"呢?它们只在得到的瞬间是令人愉快的,对"后来"却没有丝毫意义。

只有到了老年你才会明白,"应该好好生活"。年轻时这一点连想也不会想到。在成熟期也想不到。而到了老年,对美好的品行、微妙的情感、亲密的关系的回忆,是进入你的房间,进入你的内心的唯一让人高兴的客人。

深　夜

早在1911年以前的大约三年，我的无名而忠实的"朋友"——我的一切都归功于她——就对我说：

——我感到，我已不久于人世……让我们珍惜这不多的几年吧……

我全身都麻木了。依稀听得见她说："好，好！"

可在实际生活中，这个"好"从未兑现过。

——你们的妈妈
给孩子们

——我剪掉了辫子，因为我不需要它。

美丽的栗色的辫子。如今头发像老鼠尾巴一样翘着。

——为什么？连招呼也不打！我觉得太可惜。好像你把自己的什么东西扔了，而且是一样让人赏心悦目的东西。

——我什么都丢了，还留个辫子干啥？我的脖子在哪儿？我的手在哪儿？什么也没剩下。所以我把辫子丢了。

圣餐日，晚上。

这件事在我看来，正如现在的一切，是死前的一个手势。

五十六岁时我已有三万五千卢布。可"朋友"重病在身……似乎一切都是无用的。

但我还是她的"朋友"：我独自哭啊，哭啊，泪流不止……

孩子们……他们需要父母的时候少了，他们已长大成人：同事、自己的生活、未来——让他们激动的是这些东西……

我妈妈死后，我只明白了一件事，这便是我可以公开抽烟了。于是便抽了起来。当时我十三岁。

二十年，我像"一条奔腾的小溪"，在灵柩旁边欢跳……

还很恼火：我周围怎么闷闷不乐，花也不开？待明白过来，为时已晚。

……不错，我有了"名气"……啊，我多么想用牙齿咬破、撕碎这名气啊，把自己的烂牙，最后一颗牙齿扎入其中。

一切都太晚了。

啊，我想再活一次，只为了一个目的——什么也不写。

这一行行字——它们夺去了我的一切；它们夺去了我的"朋友"，我应该为之生活和想要为之生活的"朋友"。

可"才华"却一个劲儿地催你写啊，写。

深　夜

"上帝与我们同在"——这是永恒的。

交易，到处是交易，在文学中，在政治中——荣誉交易，金钱交易；而牧师们却遭到指责，说他们"卖蜡烛"，"卖松香"。可这些人的生意只占十分之一，且他们没有文化；而世俗者的生意占十分之九，尽管他们"受过教育"。

1911 年 12 月 13 日

为什么激进主义者让我怒火中烧？

我自己也不知道。

我喜欢保守主义者吗？

不。

我怎么了？不知道。有点儿莫名其妙。

1911 年 12 月 14 日

确实，我在读书方面懒得出奇。比如，费洛索弗夫[1]的一篇关于自己的文章（在一个集子里）我只读过一页；直到今年，从别墅回来后整理书时（除尘，分类）碰到了，才蹲在地板上读完剩下的（颇多真知灼见）。可为什么我私下里读书如此之少？

有一千个原因；但主要是因为：妨碍思考。我的头脑，说实在的，已经"昏昏然"了，且我没有办法摆脱这"昏昏然"的状态。

上中学时我贪婪地（疯狂地）读书，但从上大学时起，已是凡书只读一个开头（蒙森[2]，布伦奇利[3]）。

其实，我生来是个怪人；奇怪的布道者。过去常有这样的事：整条街上的犹太教徒都在充当预言家。我就是其中之一，亦即街上的人和预言家中的一个（不负有扭转人民命运的使命）。在我这里，"预言"对俄罗斯人来说并非我们民族的历史事实，而是我的家境，且仅仅关系到我为止（没有意义和影响），是我的生平的个别性。

我决不能停下，控制住自己，让自己不说话（写）；我要迫不及待地抛开妨碍我的一切（世俗的事）或丢掉手中的书。

这些言语（低语）就是我的"文学"。由此才产生这么多的错误：拿起书，打开并应付它，对我来说，要比写一大篇文章难。"写作"是一种"享受"，而"应付"则是"受罪"。一面是"天马行空"，一面是勤勤恳恳；可我永远是奥勃洛摩夫[4]。

于是我便从这一致公认的论断中汲取安慰：要知道，"世界是我的表象。"根据这一论断我根本没有必要"对付"或准确地撰写历史或地理：尽可以"按着我的表象"去写。没有叔本华[5]我也许

---

1 费洛索弗夫（1872—1940），文学批评家，政论家。
2 蒙森（1817—1903），德国历史学家。
3 布伦奇利（1808—1881），瑞士法学家。
4 奥勃洛摩夫，冈察罗夫同名长篇小说主人公。
5 叔本华（1788—1860），德国哲学家。

会感到汗颜,有了叔本华我应该感谢上帝。

叔本华的大作(斯特拉霍夫译)我也是只读了第一页的前半部分(花了三卢布):不过上面第一行便是这句话:"世界是我的表象。"

——这太好啦——我像奥勃洛摩夫那样在心里说道。由此可想而知,继续读下去对我来说将是很难的,而且,说实话,也根本没这个必要。

1911 年 12 月 14 日

坟墓……你们可知道,它的含义能征服整个文明……

也就是说,平原……荒野……什么也没有,谁也没有……只有这一堆土,下面埋着一个人。还有这两句话:"埋了一个人","死了一个人",以自己惊人的内涵,以自己伟大的内涵,以自己呻吟的内涵……战胜整个地球——而且这比伊洛瓦伊斯基[1]同阿提拉[2]重要得多。

那些人都被掩埋了……但"死了一个人",我们甚至不知道是什么人:这是如此让人痛不欲生,仿佛头脑里的整个文明被翻了个底朝天,且我们不想要"阿提拉和伊洛瓦伊斯基",只想坐在土堆上,坐在坟墓上像狗一样屈辱地哀号……

啊,看吧,高傲就是在这里销声匿迹的。

该死的本性。

难怪我一直这么恨你。

1911 年 12 月 14 日

我对基督教的反抗是多么虚枉啊:我本该好好生活,而且我有

---

[1] 伊洛瓦伊斯基(1832—1920),历史学家,政论家。
[2] 阿提拉(434—453 在位),匈奴部落联盟首领,他在位时匈奴达到极盛。

过（二十年）很好的条件。但我用自己的文章毁掉了这一切。可怜的"文章家"，事实上谁也不需要的"文章家"，谁也不需要，真是自作自受。

1911年12月14日

愿上帝赐福给我，让我多活三年、四年、五年；我会点燃"上了油的蜡烛"，握在手里，至死也不松开。我以往的生活乃是疯狂：无怪乎"朋友"这么反对我跟颓废派接近。一些空虚的人，俄罗斯不需要的人，没有什么意义。"我们头上顶着文学家的盛名"。即便有些人不无才华，也改变不了我的看法。从科斯特罗马，叶列茨，从具体的、生活的角度看，他们徒具虚名。我的事业是同别列多尔斯基[1]，季托夫[2]，马克西莫夫[3]（"一大袋面包"）在一起。这才是人，这才是俄罗斯人。而"蹩脚的诗"会很快烂掉，比纸烂得还快。

1911年12月14日

如果有谁在"被掘开的坟墓"前对我大加赞扬，我会从棺材里爬出来，给他一记耳光。

1911年12月28日

没有谁配得上称赞。人只配怜悯。

1911年12月29日

报纸，我想，同样会消失，正如中世纪的战争，正如女子"循环比赛"，等等。她们暂时受到"普及教育"的支持——有人甚至

---

1 别列多尔斯基（1869—？），政论家。
2 季托夫（1807—1891），作家。
3 马克西莫夫（1831—1901），作家，人类学家。

打算把它搞成"必须教育"。如此受"必须教育"者，想必很乐意读一下"来自西班牙"的东西。

我认为，人们首先会对报纸感到生疏，然后会把读报看成一件不体面的、令人沮丧的事。

您靠什么活着？就看《真理之声》（已经编出来了）……或者《终极真理》（明天会编出来的）说的话。听到这话的人会发出微笑，就是这微笑一步一步地把他们引向坟墓。

如果一定要读，那么，依我看，就只读《钟声》，这是瓦西里·米哈伊洛维奇模仿赫尔岑出版的自己的机关报。

这个瓦西里·米哈伊洛维奇干什么都引人注目。我听说，他制订了一条家规，如果孩子放学回来问："爸爸在哪儿？"那么，佣人不应回答："老爷不在家"，而应回答："将军不在家。"这件事，我敢说，如果你在基督的末日审判时想起来，你肯定会忍俊不禁的。

不知为什么，我一直喜欢瓦西里·米哈伊洛维奇，还在托尔斯泰面前为他辩护过。令人惊讶的是，他非常朴实，而且跟谁在一起都一样，不傲慢，没架子，总之，具有"基督徒的美德"。

有一个问题搞不明白：在他的脑子里，天使在人间应算几品？因为没有官阶，他是不能想象的。这跟毕达哥拉斯[1]说的是一个道理："万物都有自己的数。"在瓦西里·米哈伊洛维奇那里，没有官阶，没有等级的东西是不存在的。

何况现在，这个"将军"给了他这么多无私的满足。这对俄罗斯来说并不需要付出什么。如果我说了算，单为一个瓦西里·米哈伊洛维奇我也决不会允许取消官阶。非军人已经够多了，而且又没人禁止戴律师徽章。这不也是一种"头衔"和"勋章"吗？这也是"社

---

[1] 毕达哥拉斯，公元前6世纪古希腊思想家，数学家。

会等级"嘛。请允许瓦西里·米哈伊洛维奇也拥有自己想要的级别吧。不要太霸道。

不时地有人认为,瓦西里·米哈伊洛维奇是个"追求功名的人"。全然不是。他喜欢官衔、公务、职位,就像自己灵魂不可或缺的一部分。关于他,有位智者说了一句非常深刻的话:"思考什么是俄罗斯人的时候,永远不要忘了瓦西里·米哈伊洛维奇。"也就是说,俄罗斯人当然不仅仅是"斯克沃尔卓夫"[1]。但他归根结底还是"斯克沃尔卓夫"。

鉴定古币时

"凡事有结局才算圆满"……显示了它的力量:上帝啊,难道还要说"证明了它是真理"吗?……俄罗斯的改革(宗教改革)怎么了?!一个买快艇,另一个去搞古币,第三个国内国外飞来飞去……探照灯匆匆运往服役地点,听得见人们在套用内务部的最后通告,原来的"太平景象"被取而代之。上帝啊,这是怎么回事?有人加入了异教,却偷偷给《新时代》投稿,在尖锐的教会与写作问题(由托尔斯泰之死引发)上与编辑部不谋而合。这是怎么回事?这是怎么回事?

绞死他们?

抑或跟屠格涅夫一起说:"俄罗斯的一切就这样完了……"

鉴定古币时,1910年

---

[1] 斯克沃尔卓夫(1859—?),宗教政治报纸《钟声》编辑。

我们的文学发端于讽刺作品（康捷米尔），其后的整个18世纪都是讽刺性的。

19世纪有一半是情感性的。

尔后，从60年代起，讽刺又占了上风。

但从未像十八世纪那样绝无仅有。

诺维科夫[1]、拉吉舍夫[2]、冯维辛[3]，然后是半个世纪后的谢德林、涅克拉索夫，都取得过就连普希金也不曾有过的成功。我念中学时，人们甚至不提普希金，也不要求读他的作品。人们读涅克拉索夫简直如痴如狂，知道他的每一行诗，留意他的每一首诗。我本能地不喜欢谢德林，至今没读过他的一样"东西"。《外省纪事》我连见也没见过，《一个城市的历史》我只读了三页就厌烦地丢掉了。我的兄弟科利亚（中学历史教师，一个有着积极理想的人）却读他入了迷，还喜欢念给妻子听。这不，从旁边走过，我又听到："格鲁莫夫[4]说……""巴拉莱金[5]答道……"由此我才知道这是谢德林作品中的人物。但我从无兴趣去听格鲁莫夫到底说了什么，也没兴趣自己去读。我想，我正是因此而拯救了自己灵魂中的许多东西。

这个喜欢骂娘的副省长是个讨厌的现象。要受得了他，得先让我们的社会完全丧失审美能力。

请允许我稍加盘问：要知道，青年谢德林并未到司法部门工作，也没去充当地主与农奴的调解人，更没去当中学教员，而是像乞乞科夫[6]和索巴凯维支[7]那样，为自己选择了一把"不会栽在内务部手

---

1 诺维科夫（1744—1818），俄国教育家，作家，出版家。
2 拉吉舍夫（1749—1802），俄国革命思想家，作家。
3 冯维辛（1744—1792），俄国作家，社会喜剧创始人。
4 是谢德林小说《当代田园牧歌》和《一年四季》中人物。
5 是谢德林小说《当代田园牧歌》和《一年四季》中人物。
6 《死魂灵》中人物。
7 《死魂灵》中人物。

里"的交椅,而且"熬"到了,亦即他一直得到提拔,一个副省长的头衔:一个不小的职位。后来不知什么地方跟"上司"不和——未必是为"捍卫旧教徒"或"保护青年学生",他被赶走了。"平凡的故事"……他是个大名鼎鼎的作家。洛里斯-梅利科夫[1]都要跟他交朋友,省长们对他来说"一钱不值"。

同陀思妥耶夫斯基的命运相比,真是天壤之别啊。

鉴定古币时

像涅克拉索夫这样的两行诗:

> 沿着夜间漆黑的马路,
> 孤独的朋友,我可会驱车前往?——

在整个俄罗斯文学中是独一无二的。说他"根本不是诗人"的托尔斯泰,不但很少看到他的"基督徒的克制",而且没有发现他是一个公正和朴实的调解法官。

> 像叔叔的房子不是小车

这样的诗句比托尔斯泰写的所有一切更富人民性。总的说来,涅克拉索夫有大约十页诗达到了我们任何一位诗人和作家都没能达到的人民性。

他的诗将近十分之二是对我们的文学作出的永久性贡献,是永远不朽的。

他的意义,当然,是被过分夸大了的("高于普希金")。但对他予以关注是应该的:他曾是特别积极、活跃、正直的一代的"精神主宰"。不是俄罗斯最糟糕的一代,这是无法回避的历史事实。卡提里那[2]好也罢,坏也罢,都必须提到他,作为伊洛瓦伊斯基,可以没人去提,但任何一位"伊洛瓦伊斯基"都必须提到他。此其

---

[1] 洛里斯-梅利科夫(1825—1888),伯爵,国务活动家。
[2] 卡提里那(约纪元前107—62),罗马执政官。

一。现在再说说这十分之二的诗:它们具有人民性,自然,朴素,有力。"复仇与忧伤的缪斯"还是强大的;而哪里有力量,有激情,哪里就有诗。任何一个狂人都不会拒绝他的诗的。他的"菜农","车夫","被遗忘的村庄"美妙,奇特,且就音调而言在俄罗斯文学中是全新的。总之,涅克拉索夫为诗歌创造了一种新的音调,新的感情的音调,新的言语和声响的音调。他的诗里有多得惊人的大俄罗斯方言和俚语。这些方言和俚语,有些圆滑和粗俗,挤眉弄眼,转弯抹角,大概在奔萨省和梁赞省都没人讲,只有在伏尔加河的码头和集市上才听得见。他正是把这一地域特色带进了文学甚至做诗的技法中,在技法方面迈出了巨大而勇敢的一步,降服了一个时代,倾倒了一代人。

鉴定古币时

人人都无力与之斗争的卖淫者的思想中,无疑有这样一个观念:"我属于大家。"这也是作家、演说家、律师思想中有的东西,"效忠祖国"的官员思想中有的东西。如此,一方面,卖淫乃是"最富社会性的现象",到了众所周知程度的社会原型,甚至可以说,"第一批国家即产生于妇女卖淫的本能"……至少,这不比"罗马是因靠近台伯河而壮大起来的"(蒙森)或"莫斯科发祥于莫斯科河的地理特点"更坏。而另一方面,要知道,演员、作家、律师甚至"为所有人超度亡灵"的神父,他们的本质中确有一种妓女心理。您需要葬礼还是婚礼?进门的神父问,脸上挂着模棱两可、捉摸不定、随时可以转变为"祝贺"或"同情"的微笑。学者,发表文章如此之多;作家,发表作品如此之多,究其实质,当然与娼妓无异。教授则是且仅仅是彻头彻尾的娼妓。然而是否由此可以认为"卖淫现象无法取缔,正如国家、出版物等等不可取缔",或换个角度:"应该原谅她们的一切……不加干涉"呢?卖淫现象,看上去很简单,实际上其动机和本质是人脑无法挖掘净尽的。它比那些"终身教授"更具大众性,更加形而上,而且无话可说……"终身教授"是轻巧的小麻雀,而妓女……鬼才知道,说不准,还是"先知鸟"呢。

从本质上说,"我把最隐私的东西献给大家"这句话十分地形而上学……鬼才知道这是什么:可以一怒之下杀人害命,也可以……没完没了地沉思下去。用莎士比亚一个剧本的标题来说,是"请君入瓮"。

鉴定古币时

别谢洪卡[1]是当今最后一位重要人物。然而这重要性仅仅在于他的纯洁。这是个普希金所说的"可怜的骑士",处于激烈而漫长的斗争中,其中有巨人,还有头脑的巨人:那么,别谢洪卡这样的人头脑如何?"一科之长",而不是一部之长。当然,这并没夺去他所有的人的品质。令人惊奇的是,只要一见到他(卡拉什尼科夫交易所),你就会不可抗拒地被他吸引,尽管你知道,不会有什么让人感兴趣的谈话(他对米亚科金[2]、别特里谢夫[3]、科罗连柯[4]没有一点儿兴趣和爱好)。他身上的好东西乃是他的天性。纯洁得透明。我若是沙皇,我会让他当军需部长……"写吧,文书,不用你带兵打仗。不过别偷东西,也别让别人偷东西。"为了"工作和职位"他会铁面无私。"见鬼。""这个好部长跟我装糊涂。"换了我,我会(炸死那些滑头)给所有的朋友开"绿灯",把他们的"信念"看成一时的精神错乱,应予以承受,就像在家庭里承受"小儿麻疹"。"见鬼"。命运。整个俄罗斯帝国的因果报应。我不知道,

---

1 指别谢洪诺夫(1867—1933),社会活动家,政论家。
2 米亚科金(1867—1937),历史学家,政论家。
3 别特里谢夫(1872—1938),作家,政论家。
4 科罗连柯(1853—1921),俄国作家,评论家。

该把米亚科金安排到哪里。统管俄罗斯所有的铁匠铺吧。实在不行可以让他去当骑兵。关于别特里谢夫,除了他曾怂恿不幸的女学生罢课,跟祖巴托夫[1]一拍即合外,我一无所知。可能,是"老实人"中的傻瓜,一点儿也不聪明。不过,伊万钦-坎萨列夫[2]倒是很可爱,还有他身边的女郎,也很可爱,很聪明,很活跃。我愿为他们建一个"犹太人居住区",给他们一个县由他们随意支配(?!)或繁荣。谁知道,如果真能"成",为啥不利用呢?国家应该公正而平静地看待各个方面。对了,忘了戈伦菲尔德[3]。我愿让他去卖手杖(他平时带手杖,打领带,而且似乎,暂时还缺一顶高筒帽)。科罗连柯是个忧郁的人,也许不太聪明。我想,还有点儿疯癫。这疯癫起源于使他无法保持内心平衡的奇怪而又纷乱的生平。他有一个在尼古拉时代奉公守法循规蹈矩的好公务员父亲,母亲是波兰人;俄罗斯蹂躏西南地区的令人痛心的场面,跟自己的朋友的最后几次会见。假如他父亲是个坏人,一切都会明明白白;可"父亲的(诚实的)影子"总困扰着他,使他成为要求言行一致不许犹豫不决的派系中的"哈姆雷特"。而科罗连柯确实怀有(隐秘的)种种犹疑。我跟他在塔伏里切斯基宫有过一次短暂的交谈。尽管他的作品很迷人,但他本人却没给我留下什么良好的印象(支支吾吾,拐弯抹角)。

鉴定古币时

如果说,我们整个"灿烂"的文学实际上有可怕的欠缺且不够深刻,这并不是危言耸听。它的"描写"很出色,但描写的对象却一点儿也不出色,且未必与这高超的描写相称。

---

1 祖巴托夫(1864—1917),宪兵上校,莫斯科保卫局局长,警察厅特别行动处处长。
2 伊万钦-皮萨列夫(1849—1916),文学家,民粹派活动家。
3 戈伦菲尔德(1867—1941),文艺学家。

18世纪——全是"对政府的支持":讽刺诗,颂诗——全是冯维辛、康捷米尔[1]、苏马罗科夫[2]、罗蒙诺索夫[3]——就这些,别无其他。

19世纪在其黄金时代反映了地主的生活:

达吉雅娜迷人的家庭生活,

达吉雅娜迷人的理想。

不错,很好……然而,这里有什么普遍的东西吗?罗马人、德国人、英国人需要这些吗?其实,除了俄罗斯人自己,没人感兴趣。

后来,尤其是现在又如何呢?别林斯基[4]和赫尔岑的挣扎?奥加辽夫等人?巴枯宁?格列勃·乌斯宾斯基[5]和我们?米哈伊洛夫斯基[6]?除了托尔斯泰(他在这一点是个伟大的例外),所有这一切都是大学生吸烟室和妓女床榻的衍生物,莫名其妙的笑话,常见的和偶然的奇遇——鬼才知道,是因为什么,为了什么。少女和大学生关于上帝和社会革命的推论是一切的本质和灵魂;所有这些"社会少女"都是可爱的,迷人的,有诗意的;然而,"难道这重要吗"?重要的东西无论如何不应在这里。《遗失街的风习》(乌斯宾斯基著,不过没读过,只知道书名)绝对没人需要,除了闲极无聊的茶客和密切监视这一风习的警察局长。谈论上帝的大学生和妓女是何许人?是校长唉声叹气的对象:学生不好好学习;是"房子"女主人嘲笑的对象:小姑娘不务正业。所有这一切,有时并不是很好看的故事情节,既不需要也没意思。文学即技巧。不错,但不能忽视

---

1 康捷米尔(1708—1744),俄国诗人,外交。
2 苏马罗科夫(1717—1777),俄国作家。
3 罗蒙诺索夫(1711—1765),俄国科学家,诗人。
4 别林斯基(1811—1848),批评家,政论家,哲学家。
5 格列勃·乌斯宾斯基(1843—1902),俄国作家。
6 米哈伊洛夫斯基(1842—1904),俄国社会学家,政论家,文学评论家,民粹派。

阅读。谢德林的困惑——"作家写什么，读者读什么"——恰好对俄罗斯文学而言是缺乏根据的，读者之所以读，实在是出于无奈：因为，究其实质，作品被写出来的唯一目的就在于"阅读"嘛……

其实，一切都是"甜蜜的虚构"：

我们神奇的虚构

并非为了大灾大难……

卡拉姆辛[1]说得妙。我们有的"现实主义作家"，还有米哈伊洛夫斯基，实际上都是纸上理想家——最多是纸上充满真诚（"诚实的作家"）。

大约六年前，"朋友"从吊唁者教堂（在施帕列尔街上）回来，对我说："来了一个女人，既不老，也不年轻。穿得很差。领着六个孩子，都很小。她热烈地祷告着，不停地哭。大概不是失去了丈夫——那眼泪不像，那语调也不像。也许，是丈夫酗酒或丢了职位。这样的悲痛，这样的祷告，我还从未见过。"

这，无论如何进不了乌斯宾斯基的作品中，因为乌斯宾斯基的"语调"一点儿"也不像"。

概括地说，家庭，生活，不是"社会未婚夫"，而是社会劳动者——怎么也未能进入俄罗斯文学。事实上，它并没描写劳动，只是描写了一些探讨劳动的年轻人。也就是那些未婚夫和大学生们；可要知道，实际工作的并不是他们，而是父亲们。但这些人都是"卑微的"，"落后的"，他们之于大学生，正如山鹑之于猎手。

在这里，托尔斯泰是个伟大的例外。他尊重家庭，尊重劳动者，尊重父辈……这在俄罗斯文学中是空前绝后的。因此他才没有完成《十二月党人》，他觉得情节空洞了。所有的十二月党人实际就是那些"社会未婚夫"，谈天说地的妓女和大学生的前辈。尽管佩戴

---

[1] 卡拉姆辛（1766—1826），俄国作家，历史学家。

肩章，而且是伯爵。这不是劳动的俄罗斯，所以托尔斯泰放弃了情节。这是他严肃和崇高之处。他没完成《十二月党人》，这跟他构筑并完成了《战争与和平》和《安娜·卡列尼娜》同样伟大。

毫无疑问，不是别斯杰尔－恰茨基[1]，而是库图佐夫－法穆索夫[2]支撑着俄罗斯，"无论她是怎样的"。别斯杰尔的肩膀绝对什么也不支撑，除了肩章和自尊心。我明白，法穆索夫没多大价值，库图佐夫也不是黄金偶像。但要知道，俄罗斯的历史总的说来几乎还未开始。人们只是活着而已，"日复一日"。

瞧，你把每个人都评头论足了一番……可你自己又比谁强呢？
——不比谁强。但我要说的正是：我们该哭的不是生活环境，而是我们自己。

完全是另外一个题目，另外一个方向，另外一种文学。
鉴定古币时

总是幻想，而且永远一个念头：如何逃避工作。
俄罗斯人

全部文学都是空谈……几乎全部……
极少例外。

令人震惊的是，多布钦斯基[3]家族的人全都从俄罗斯各地赶来，为托尔斯泰送葬，而且除了多布钦斯基家的人，那里谁也没有，他

1　别斯杰尔（1793—1826），贵族革命家，十二月党人，上校。恰茨基是格里鲍耶陀夫《聪明误》中的激进派贵族。
2　库图佐夫（1745—1813），俄国统帅，陆军元帅。法穆索夫是《聪明误》中的保守派贵族。
3　果戈理《钦差大臣》中的地主。

们围成密集的人墙，还不放别人过去呢。于是乎"托尔斯泰葬礼"变成了"多布钦斯基家族展览"……

多布钦斯基的目的乃是："让彼得堡的人了解我。"正是这一愿望赶跑了所有的人。宣布成立了什么"协会的协会"和"二十个文学社团的中央委员会"……没人记得托尔斯泰：每个人跑来跑去，都是为了跳上讲台胡说一通——反正讲什么无所谓。——"看吧，我，多布钦斯基，活着，是你们和托尔斯泰的同代人。我赞成他的想法，叹服他的天才；但你们要记住，我就是多布钦斯基，别把我的姓名同别人的搞混了。"

没见过这样的耻辱，没见过这样卑鄙、这样残酷的文学：本该想一想托尔斯泰，本该对托尔斯泰予以同情（最后的悲剧），但类似的东西却没有，一点儿也没有。空中突然传来一声欢呼："我也要上台啦！"马路上一片喧哗。他们乘着车，争先恐后："您要发言吗？"——"我要发言。"——"我们一会儿都要发言"……"要是在另外一个时候，也许，没人会听我们的，可现在，人们肯定要听，而且会记住；瞧，就是这个人，八字胡，淡黄脸，一双深沉的蓝眼睛"……"我是多布钦斯基，我的名字叫谢苗·彼得罗维奇。"

这场面持续了大约两星期。在这两个星期的旋风中，谁也没感到耻辱。"我在此显示了智慧……"不，是集体显示了下流，而且是如此下流，连冯维辛也望尘莫及。

还用得着说，所有的"发言者"跟托尔斯泰没有丝毫的亲缘关系吗？这些人对他来说是格格不入的，甚至是他所深恶痛绝的；而对他们自己来说，托尔斯泰则完全是个外人，甚至是他们的敌人。

托尔斯泰一生都在反对这样的人，教育这样的人，唤醒、复活、改造这样的人……

可突然出了这种事：finis coronat opus[1]。

---

[1] 拉丁语：作品以此而告终。

真让人毛骨悚然。

鉴定古币时

多布钦斯基,假如他生活在一个"公民精神比较发达的时代",让他当记者或一本文学政治杂志的首脑,而诺兹德列夫[1]给他写社论,那是再好不过的了,否则无法想象。这是在一个沉寂的时代;在一个动荡的时代多布钦斯基肯定会去撒传单,而诺兹德列夫会去"支持拉吉舍夫"。而且,谁知道他们俩会不会发动政变呢。"有志者事竟成"……

鉴定古币时

撒旦用权力诱惑了教皇,而用荣誉诱惑了文学……

不过,赫洛斯特拉特[2]早已指出了一条"永垂不朽"的最正确道路……仅仅为追求"永垂不朽"而生存的文学(多布钦斯基)——自然是指我们今天的文学,它"暂时还是小小的花朵"——整个地充斥着"赫洛斯特拉特"。

烧掉罗马对谁来说都不是轻而易举的。卡提里那会想一想。马尼洛夫[3]会舍不得。索巴凯维支会转不过这个弯儿。但多布钦斯基则会迫不及待:"上帝啊!要知道,罗马等的就是我,而我生下来就是为了烧掉罗马:看清楚了,观众,别忘了我的名字。"

文学的本质……它的灵魂……"心肝儿"。

鉴定古币时

读到一篇关于格列勃·乌斯宾斯基悲惨遭遇的文章(《俄罗斯

---

1 果戈理《钦差大臣》中的地主。
2 赫洛斯特拉特,生于以弗所地区的希腊人,为使自己的名字永垂不朽,于公元前356年放火烧毁了以弗所阿泰密斯神庙(世界七大奇观之一)。
3 果戈理《死魂灵》中的地主。

思想》1911年夏季号）：一千七百卢布的债务压垮了他；"一个放高利贷的女人成天跟着我讨债，无论是在莫斯科，还是在彼得堡，都让你不得安宁。"

他是涅克拉索夫和米哈伊洛夫斯基的朋友。他们显然不仅尊重他，而且爱他（米哈伊洛夫斯基给我的信中说）。

但为什么他们没有帮助他？这是一个什么伤心的秘密吗？几乎是百万富翁的赫尔岑对别林斯基也是这样。我不是布尔乔亚的捍卫者；他们，他们的命运与我无关；但一个简单的道理和合理的想法在大声质问："究竟为什么要让资本家把机器和厂房分给工人呢——既然赫尔岑对别林斯基漠不关心，涅克拉索夫和米哈伊洛夫斯基对乌斯宾斯基见死不救？"

这是对所有无产阶级理论和整个无产阶级意识形态作出的"末日审判"。

普拉东·卡拉塔耶夫[1]的胜利比人们对它的评价意义更为重大：这其实是马克西姆·高尔基对皮巧林[2]的胜利，亦即一个庞大的文学流派对另一个庞大的文学流派的胜利……本来也可能不会发生……但托尔斯泰一生都在支持马克西姆·马克西莫维奇（尼古拉·罗斯托夫[3]，炮兵图申[4]，普拉东·卡拉塔耶夫[5]，皮埃尔·别祖霍夫[6]的哲学——已转化为托尔斯泰自己的哲学）。"不抗恶"既非基督教，亦非佛教：但这的确是俄罗斯的元素——东欧平原"没有冲动的天性"。俄罗斯唯一的造反派是"虚无主义者"：这里让人感兴趣的是，将以什么收场；也就是说，俄罗斯唯一的一次造反以什么收场。不过，这在最高程度上解释了虚无主义的力量，重要性，牢固性和顽强性。"需要在什么地方，随便什么地方，造一次反"：

1　《战争与和平》中的人物。
2　莱蒙托夫《当代英雄》的主人公。
3 4 5 6　《战争与和平》中的人物。

对八千万人民来说,这无疑是"需要"的。一个劲儿地"忍耐",骨头都累了。骨头已经疲于"忍耐"。

读罢佩尔卓夫《新与旧之间》一文

屈辱永远能在几天之后转化为无与伦比的精神光辉。可以说,没有先期的屈辱便不可能获得某些,而且是最高级的,精神的澄明;某些"精神的绝对性"永远与那些总是春风得意、胜利在握、高高在上的人无缘。

多么粗野,从而又是多么不幸,拿破仑……一个穷教士尚且能听到富人家里传出的一句"上帝保佑",而耶拿之后的拿破仑连一个穷教士也不如。

"他终于想要吃点儿苦头了……"——莫不是就建立在世界心理(如果存在世界心理的话)的这个秘密之上?

苦难之后我们如何是好?民主的"常胜不败"是否就建立在这上面?它根本不是出生在道德的"金褓褓"中;它跟所有的人一样,是"有罪的"。但它"地位低下",道德的光环把大家吸引到它的麾下……

在一张标语的背面

心静则动,比如,出门旅行。那时,一切都会豁然开朗,一切都会如愿以偿。

心动则静,比如,闭门静坐。康德坐了一生,但他有如此多的心动,以至"坐"动了整个宇宙。

我破译了捷特拉格拉玛[1],上帝啊,我破译了它。这不是名字,如"约翰"、"保罗",而是一声呼唤:即使是同一个人念出来,发音也不总是完全一样,细微的变化就在喉音的送气中……不同的

---

[1] 意为"四音词"。

大主教念出来也不绝对相同。由于发音缺乏固定性，随着年代的久远，"它的发音秘密"最终失传了。不过，确实，虔诚的犹太人至今有时还说这个词，只是不知道该用在什么时候。与我的推测完全吻合的是，"会念捷特拉格拉玛者主宰世界"，亦即通过上帝主宰世界。的确，这声呼唤的秘密在于，上帝不能不对之作出回应，并在此表现出他的万能。不止他们需要上帝，上帝也需要他们，这个秘密幽灵般进入了犹太人的自我意识之中。他们的民族的和宗教的优越感即由此而来；他们是向上帝索取，而不是向上帝恳求……

然而这一切全隐藏在一声呼唤、一次叹气中……它由清一色送气的元音组成。

梅列日科夫斯基总是利用别人的材料，但怀着一种亲缘感。这正是他正直和大度之处。

为什么我的思想给米哈伊洛夫斯基留下一个可笑的印象，使他说："这就像基法·莫基耶维奇"；而给梅列日科夫斯基的印象却是悲剧性的，使他说"这爆炸力与尼采毫无二致，此乃基督教的末日或至少是可怕的危险？"为什么？梅列日科夫斯基（显而易见）以其深刻和正直的头脑明白了米哈伊洛夫斯基因头脑的浅薄和轻率而没有明白的东西——米哈伊洛夫斯基懒得下功夫研究别人的，不属于自己阵营的问题。其实，我的支柱"家庭"、"家族"这些概念，对梅列日科夫斯基来说，比对米哈伊洛夫斯基更生疏、更不需要，甚至更抵触。

但梅列日科夫斯基用灵魂——不是用心也不是用头脑，而是用整个灵魂，抓住了我的这个思想，把它视同己出，把它同基督教世界，同这个世界的核心——禁欲主义加以对照，从而认识了整个宇宙。就这样，他为自己"发现了家庭"，内在地发现了——在我的推动和指引下。这是完整意义上的他的"发现"，对他来说是新的，毫无疑问也是独立的发现（为什么米哈伊洛夫斯基没有发现？）。

这就好比我给了他一个指南针并告诉他"西边有国家",而他发现了新大陆。他把别人的思想化为己有便是一种大度。他因此而得到了上帝的奖赏。

卢加——彼得堡列车上

很伤心地读了伊兹果耶夫[1]关于大学情况的文章(1911年8月)……作者什么地方也没说"罢课是卑鄙的行为",虽然他感觉到了这一点,意识到了这一点。不过我认为,他还是说了,只是用了"伊索的语言"……他为什么不直说呢?大学生还是孩子,由于他没有明说"卑鄙的行为",别人肯定会以为,"他也支持罢课"。用什么方式可以把青年人引入这种自欺欺人呢?

这担心从何而来?

青年人的四周那么黑暗,怎么能指责他们在舆论界的掌声中"丧失了理智"并误入了歧途呢?

下流无耻的舆论界。

这一切哀泣全是"卡索[2]的错"。卡索只在《俄罗斯思想》上留下了一个人的签名,而邻近大学的读者们却留下了数千人的签名。为了几百卢布,就算是二三千卢布,制造了这一场大屠杀。对青年人的大屠杀。

《里程碑》的作者中只有两个人——戈尔申逊[3]和布尔加科夫[4]没让我失望。

撰写政治"评论"——这是怎样的不幸啊。怎能不落入谎言之中。要知道,灵魂是不死的。宗教高于政治。

性与上帝的联系要多于头脑与上帝的联系,甚至多于良心与上

---

1 伊兹果耶夫(1872—1935),记者。
2 卡索(1865—1914),当时的教育部长。
3 戈尔申逊(1869—1925),文学史家,社会思想史家。
4 布尔加科夫(1871—1944),神学家,宗教哲学家,经济学家。

帝的联系，它表现在：所有的非纵欲者都发觉自己还是无神论者。那些先生们，如巴克尔[1]或斯宾塞[2]，如皮萨列夫[3]或别林斯基，谈论性并不多于谈论阿根廷共和国，不言而喻，他们对性思考的也不多，而且同时，又是如此惊人地不信神，似乎在他们之前和在他们周围从不存在宗教。这真是一种奇特意义上的不折不扣的"未受洗礼者"。近二三十年内发生的"梅特林克转变"的实质在于，许多人已经开始不是从普鲁特科夫[4]意义，而是从罗扎诺夫意义上来"探本求源"：大家开始对他的性，对自己的性感到兴趣。大概，是精子（还有睾丸）出了问题。不同寻常的是，现在出生的人跟六七十年前完全两样。诞生了"新的一代"……一位聪明的母亲有一次说："宗教界的急剧转变越来越多地影响到年轻妻子的生育。"一年后，我又听到她上次没讲出口的那个想法："不是牧师的妻子不怀孕，而是丈夫没有能力让她怀孕。"令人震惊。

类似的情形也发生在整个梅特林克一代人身上。不是发生在思维方式上，而是在性上：思维方式已经是后来的事了。

俄罗斯宗教是个出色的现象。路德教和天主教在很多地方优越于它，但它也有优越于它们的地方。请注意那些四平八稳的人，如布斯拉耶夫[5]，季霍恩拉沃夫[6]，克留切夫斯基[7]，谢·米·索洛维约夫[8]，他们从不寻求在其中修改什么，而且完全满意于它。与此

---

1 巴克尔（1821—1862），英国史学家，社会实证主义者。
2 斯宾塞（1820—1903），英国实证哲学家。
3 皮萨列夫（1840—1868），俄国政论家，文学评论家，唯物主义哲学家。
4 普鲁特科夫，俄国诗人阿·康·托尔斯泰和热姆丘日尼科夫兄弟合署的笔名。这个笔名的讽刺形象寓意思想的停滞不前，政治上的安分守己，文学上的陈陈相因。
5 布斯拉耶夫（1818—1897），语文学家，艺术理论家，院士。
6 季霍恩拉沃夫（1832—1893），文艺学家，古文献学家，院士。
7 克留切夫斯基（1841—1911），历史学家，院士。
8 谢·米·索洛维约夫（1820—1879），历史学家，院士。

同时，这又是一些信仰宗教的人，信仰上帝的人，有着虔诚和最佳意义上的俄罗斯式平静生活的人。他们没有专门思考过宗教问题，而是一生工作，品德高尚，富于创造。宗教是他们大山一般的崇高劳动的不可或缺的基础。毫无疑问，假如他们没有宗教信仰，他们既不会这么高尚，也不会这么活跃。他们对宗教怀疑主义不屑一顾。对东正教的审问始于低一个层次（或未被注意？）：始于较为苛刻、善变、挑剔的人：托尔斯泰，罗扎诺夫，梅列日科夫斯基，赫尔岑——而不是有着安静晚年的布斯拉耶夫。这是混乱和风暴，这是恶毒和神经质。这里不乏精彩之处。但不是平稳，不是明确，不是和谐。

东正教在最高程度上合乎和谐的精神，但在最高程度上不合乎恐惧的精神。其中有，打个比喻，宙斯[1]甚至有以亚历山大·涅夫斯基[2]为化身的"马尔斯"[3]（又是比喻）。在"彼得堡时期"（斯拉夫主义者），全都为亚历山大·涅夫斯基这位俄罗斯的"阿瑞斯"[4]和"罗慕洛"[5]建造神庙，对基辅的苦修士则不闻不问。马尔斯和宙斯（他们的神力）——这就是东正教；可里面没有阿芙洛狄忒[6]，没有朱诺[7]，没有"女主人"，没有沙特恩[8]和遥远的神秘主义。

写在一封来信的背面

关于我们的宗教界人士的美德：我揭过他们多少次伤疤啊……但在那些了解我和不了解我的人中间——在那些反对我的观点，对

---

1 宙斯，希腊神话中的主神。
2 亚历山大·涅夫斯基（1220—1263），诺夫哥罗德大公和弗拉基米尔大公，由于他战胜瑞典人和日耳曼骑士，使俄罗斯西部边界有了安全保障。
3 马尔斯，罗马战神，相当于希腊的阿瑞斯。
4 阿瑞斯，希腊战神。
5 罗慕洛，传说中罗马的缔造者。
6 阿芙洛狄忒，希腊神话中的爱神与美神。
7 朱诺，罗马神话中的最高女神之一，朱比特之妻。
8 沙特恩，古罗马农神。

之口诛笔伐的人中间,却始终能找到对我的善意与爱心(乌斯廷斯基[1]、费辽夫斯基,新闻检查官列别捷夫,波别多诺斯采夫,米·巴·索洛维约夫,德罗兹多夫神父,阿基莫夫,采里科夫,格鲁鲍科夫斯基教授,娜·巴·谢尔波娃,阿·阿·阿里波娃)。只有拉钦斯基是个例外,只有他"对自己的兄弟怀恨在心"(在几篇论婚姻的文章发表在《俄罗斯劳动》和《圣彼得堡公报》上之后)。赫尔莫根夏天还要求将我逐出教会,却在11、12月间两次要求会见我。谢尔吉(芬兰斯基)主教对我的"整个惊世骇俗的思维方式"有所了解(通过我要费奥多罗夫转交给他的一封信),但还是赶到福音医院(路德教派的),看望第三次手术后住在那里的我的"朋友",并带来了她不曾谋面的安东尼大主教的关心——这位大主教我也只是见过两三次,但不曾深谈。谢尔吉主教处处表现出体贴入微和平易近人;特别是在遭到我对他们的猛烈抨击之后。然而,再看看那些世俗的人们:当我对他们的派系稍有不敬的时候,他们是怎样对待我的呢?"别列多诺夫","两面三刀","不屑于与他同桌共事"等等谩骂,劈头盖脑地向我砸来。于是我明白了,比起世俗来,教会真不知要正直多少,真诚多少,谦逊多少,宽容多少。如果说,后者也有过火刑(宗教裁判所)的话,那也毕竟不同于实证主义者的断头台:冷冰冰的,缠着铁链……

就这样,我投入了教会(1911年底):世界上唯一热情、唯一温暖的所在……

这就是我的生平与命运。

1911年12月9日

---

1 乌斯廷斯基(1854—1922),诺夫哥罗德的牧师。

落叶　第一筐

我曾以为,一切都是不死的。所以我唱歌。
而今我知道,一切都有终结。于是歌声止息了。

已经三年了

祷告的实质即在于承认自己的无能为力,深刻的局限性。"祷告"在"我不能"处;哪里是"我能",哪里便没有祷告。

社会,周围的人,只能使灵魂受损,而不能使灵魂受益。

能使灵魂"受益"的只有少见的亲密关系,"心心相印"和"肝胆相照"。这样的人一生中只能碰上一两个。在他们身上,灵魂能得到完美体现。
去寻找这样的朋友吧。而对人群要避而远之或小心绕过他们。

喝早茶时

是的,死亡也是宗教。是另一种宗教。
从来还没有想过。
……
这就是北极圈。白茫茫的冰雪。什么都没有。这就是死亡。
……
死亡是终结。是两条平行线相交。也就是说,彼此纠缠在了一起,除此别无其他。没有什么"几何定理"。

是的,"死亡"甚至能战胜数学。"二乘二等于零"。

在花园里仰望天空时

我五十六岁:乘上一年一度的劳动,等于零。
不,还不止这些:乘上爱情、希望,等于零。

谁需要这"零"？难道是上帝？到底是谁？为什么？

或者难道应该说，死亡比上帝本身更强大？这是否就意味着：死亡本身就是上帝？在上帝的位置上？

可怕的问题。

我害怕死，我不想死，我恐惧死。

若不是"朋友"的爱和这爱的全部故事，我的生活和个性会多么贫乏啊！一切都将是一个知识分子空洞的意识形态，而且，不错，一切都会很快夭折。

……写什么？

一切早已写成（莱蒙托夫）。

跟"朋友"在一起，命运为我展开了无穷的题目，且一切都投合了我的个人兴趣。

我始终把耳闻目睹别人幸福的情景作为一生中最幸福的时刻来回忆。老太婆和亚历山德拉·彼得罗芙娜·波波娃，"朋友"初恋和出嫁的故事（我一生的高潮）。由此我得出结论：我生来就是观察家，而不是行动家。

我来到这个世界是为了看，而不是做。

这是上帝的派遣，我能说什么呢？

说他创造的世界是美好的？

不。

我到底该说什么？

上帝能看见我的哭泣和沉默，我脸上有时露出的微笑。但他从我这里什么也听不见。

我是在题目的边缘飞过,而不是飞向题目本身。
这飞就是我的生命。题目——"仿佛在梦中"。
一个,又一个……很多……且全都忘了。在我行将就木时,我会忘掉的。
在那个世界里我将没有题目。
上帝会问我:
——你究竟有什么作为?
——一事无成。

利己主义并非坏事;这是"我"近旁的水晶(坚硬,不易破碎)。而且,说实话,如果所有的"我"都处于水晶之中,那么,就不会有混沌,"国家"从而也就不需要了。"无政府主义"在此有千分之一的正确性:抛弃了"共同的",个人的(人与历史的主要的美)便会成长壮大。最好看一看,什么是"各民族的史前存在":根据德雷伯[1]等人的看法,这是"原始人",因为他们没有受过"普及教育",也没受到美国佬的"开化";但根据《圣经》的说法,这是"天堂"。德雷伯和《圣经》岂能同日而语?

校对时

可怕的不是文学,而是文学性;灵魂的文学性,生命的文学性。任何体验都能转化为生动形象的语言,但一切也因此而告终结,就是说,体验本身死了,不存在了。人的体温因语言而冻结。语言不再能唤醒什么。啊,不!它只能冻结和阻止什么。我说的是独特的美的语言,而不是"马马虎虎"的语言。正因如此在"黄金时代"

---

[1] 德雷伯(1811—1882),美国历史学家。

之后的文学里才不断出现对整个生命的肢解和冷漠，以及生命本身的萎缩和平庸。梦一般的人民，梦一般的生活。这种情形贺拉斯[1]之后的罗马有过，塞万提斯[2]之后的西班牙有过。但这里让人信服的不是事例本身，而是事物之间的本质联系。

这就是文学实际上并不需要的原因，在这里康·列昂季耶夫是对的。"为什么历数世纪的荣耀时，全都争说哥德和席勒，而不是威灵顿[3]和施瓦尔岑贝格[4]究竟为什么？为什么尼古拉时代是"普希金、莱蒙托夫和果戈理的时代"，而不是叶尔莫洛夫[5]、沃龙佐夫[6]等人的时代？我们甚至一无所知。我们如此被书籍宠坏，不，是如此被书籍淹没，以至竟不记得统帅们。诗人称统帅为"斯卡罗祖勃"[7]和"别特里谢夫"[8]是辛辣和有远见的。可要知道，这是片面性和胡说。需要的全然不是"伟大的文学"，而是伟大的，美好的，有益的生命。而文学则"位居其末"。

因此，这里"一切都将消亡"是否天意呢？不是格里鲍耶陀夫[9]，而是安德列耶夫[10]，不是果戈理，而是蒲宁[11]和阿尔志跋绥夫[12]有可能。有可能我们正生活在一个文学的大终结时代。

树叶在动，但没有一丝声响。阳光下，一切被雨水打湿。孩子的妈妈说：

---

1 贺拉斯（公元前65—8），古罗马诗人。
2 塞万提斯（1547—1616），西班牙作家。
3 威灵顿（1769—1852），公爵，英国元帅。
4 施瓦尔岑贝格（1800—1852），奥地利公爵，国务活动家，元帅。
5 叶尔莫洛夫（1777—1861），俄国步兵上将。
6 沃龙佐夫（1741—1805），俄国国务活动家，外交家。
7 《聪明误》中的上校。
8 别特里谢夫（1872—1938），作家，政论家。
9 格里鲍耶陀夫（1795—1829），俄国作家和外交家。
10 安德列耶夫（1871—1919），俄国作家。
11 蒲宁（1870—1953），俄罗斯作家，诺贝尔奖金获得者。
12 阿尔志跋绥夫（1878—1927），俄国作家。

——你看。

我看着并沉思着。她也若有所思地说：

——什么能比大自然更纯洁呢……

她没有说，但我替她说了：

——人和人的生命已不像大自然那么纯洁了……

孩子的妈妈说：

——大自然多么纯洁。它因此而多么崇高……

大约八年前在花园里

当我把这一段读给她听，她说：

——这是大约四年前的事了。

这还是在她生病以前，但她忘了：是大约八年前。她补充道：

——你现在不幸福，所以要回忆我们过去的幸福时光。

我不明白，为什么我特别不喜欢托尔斯泰、索洛维约夫和拉钦斯基。不喜欢他们的思想，不喜欢他们的生活，不喜欢他们的灵魂。究其原因，我觉得，我之所以对他们如此冷漠和无情，主要在于我们处于不同的"层次"（说来奇怪）。

若说索洛维约夫不是贵族，那也是处于荣誉（过剩的荣誉）的光环中。我很清楚，这不是嫉妒（我无所谓）。然而，在跟拉钦斯基交流思想甚至我们有相同的见解（对教会学校）时，我总感到他讲的一切与我格格不入；跟索洛维约夫和托尔斯泰同样如此。我可以赏识（只是赏识）他们三个人，珍视他们的活动（的确珍视过），但不知为什么，永远不能爱他们，一点儿也不能。一条最近被有轨电车扎死的狗，比起他们的"哲学和政论"（口头的），更能让人心动。这条"被轧死的狗"或许能解释什么。这三个人身上绝对没有任何"压力"，相反，他们倒是非常喜欢给别人施加压力（如对自己的论敌）。托尔斯泰动辄对果戈理吹毛求疵；孤芳自赏。所有这三个人都喜欢孤芳自赏，所以人们才不愿爱他们，不愿跟他们"交往"（相知）。"哎，先生们，这不干你们的事。"我生就一副同情心，可在这三个人身上，我内心的这一主要特点却找不到任何对象，任何"客体"。我爱过斯特拉霍夫和列昂季耶夫，且仍旧爱着他们；更不用说我无限热爱的"生活小事"。我差不多找到了谜底：如欲爱之，必先心痛之。这三个人没有什么可"心痛"的，所以我不喜欢他们。

"不同的层次"：跟拉钦斯基在一起时，我能感到这一点。他说什么我始终无所谓，正如我觉得，拉钦斯基对我心里有什么也无所谓一样。他以一种疏远的爱来对待我的作品（看得出，他喜欢）。可怕的层次差别就在这里：另一个世界，"另一种皮肤"，"另一层外壳"。但如果硬往嫉妒上扯，就会什么也搞不清楚（过于简单化）：这正是一种食而不化意义上的不懂。"他的世界和我的世界完全是两回事。"我跟勒齐（贵族）能互相理解，可以说是"一点即通"；可他很穷，像我；"在世界上是多余的"，也像我（我觉得自己是这样的）。就是这"多余性"，被世界"遗弃性"，可怕地使人们产生了沟通，"一切立刻变得明明白白"，人与人成为不是说说而已的兄弟。

历史莫不是恶魔的另一张脸，把人当食物吞咽，一点儿也不考虑他们的幸福，对之不感兴趣？我们莫不是"我"中的"我"？
一切设计得如此恐怖和残忍。

在树林中

世界上可有怜悯？美是有的，意义是有的。然而怜悯呢？

星星会怜悯吗？母亲会怜悯：所以她高于星星。

怜悯存在于小的事物中。这就是我爱小的东西的原因。

在树林中

写作是宿命。写作是天意。写作是不幸。

1912 年 5 月 3 日

……也许，只是因此作家才不会受到"末日审判"……但严厉的审判还是应该的。

1912 年 5 月 4 日

托尔斯泰是天才，但不聪明。而无论怎样的天才，聪明总不是坏事。

科列茨基二十五岁生日。邀请。没去。他们庆祝了。《新时代》有报道。

有谁知道诗人科列茨基？没有谁。编辑出版家？谁跟他合作？

显然，作家先生们是无处不去"祝贺"的，只要那里的桌子上有鲑鱼。

可怜的作家们。我担心，政府有朝一日会灵机一动，摆出一桌桌的"白海鲑鱼"来代替"所有的自由"。

"多数票"会有的，"平等的秘密的全投票"会有的。吃饱喝足。起身道谢。我不知道，在"道谢"之后是否还方便提什么要求。看来，伊洛瓦伊斯基没有料到，在俄罗斯，自由的伟大胜利取决于许多因素，其中一个小小的因素便是："白海鲑鱼的捕捞情况。"

"物美价高……"这里却正好相反："物不美价不高"。

1912 年 3 月

蜂蜜与玫瑰……

玫瑰之中———一个婴儿。

"上帝派来的,"——世界说。

"不,"——循规蹈矩的长老们说,"他来自恶魔。"

但世界已经不再相信他们。

在叶莲娜·巴甫洛芙娜诊所

青年人需要快乐,老年人需要安宁,姑娘需要出嫁,已出嫁者需要"第二次青春"……永远是互相碰撞,永远是闹闹哄哄。

生命来源于"不稳定的平衡"。假如平衡到处都是稳定的,也就没有了生命。

但不稳定的平衡是一种惶恐,一种危险,"对我不利"。

世界永远是惶恐的并因此而获得了生命。

其实质为永恒幸福的这些"太阳城"和"乌托邦"是怎样的无稽之谈啊。这实际就是彻底的"稳定的平衡"。这不是"未来",而是死亡。

送维洛奇卡去里西诺,火车站

作为不和谐,社会主义会消亡。任何不和谐都将消亡。而社会主义是风暴,是雨,是风……

太阳升起并晒干一切。人们将像说晒干的露水一样说:"难道它(社会主义)存在过?"——"冰雹敲打着窗户:自由,平等,博爱?"——

"啊,是的!这冰雹还击打过多少人啊!"——"令人震惊。奇怪的现象。难以置信。何处能读到它的历史呢?"

我何必要一个劲儿地挖苦多布钦斯基家族的人呢。难道他们不愿意做莎士比亚？要知道我，说老实话，气的就是这个：为什么"不做莎士比亚"——我气的不是他们的题材，而是手法，样式，风格。但"何处去寻找莎士比亚呢"？难道因此别人都"不能活了"吗？

我身上有多少扼杀人的东西啊。

又是沙漠。

每个人都要活，多布钦斯基也一样。难道不是我说的："一根头发也有理念"（据柏拉图），理念——"什么也不是"，甚至不是否定和缺点？上帝的丈量尺度不仅仅有俄里，还有厘米，而且"厘米"跟"俄里"一样需要。人人都活着。"摇摆着肚子"……那么，就由他们去吧。我要做的是欣赏，而不是仇恨。

我在莫斯科的休闲公园里欣赏风景，看着一艘小小的汽轮。一个休闲者把两只手搭在另一个休闲者的肩膀上，说：

——就一个人——谁也没有！

然后又嘟哝一句并高声喊道：

——想象一下吧：一个人——谁也没有！

这是他讲的，显然，"是昨天到的那里"，"自己人"一个也没碰到。

他在自己的快乐中显得如此有艺术趣味，如此可爱，以至要"找个伙伴同行"，以至我几十年不能忘怀，以至我当时能喜欢他，爱他——这是我身上善的一面。而"文学"——来自魔鬼。

写作论火灾一文时

人身上的一切都被描绘得清清楚楚，都被画上了句号，除了性器官。它们仿佛其余的东西旁边的省略号或模糊性……与另一肌体的省略号或模糊性相接触，相交融。于是——双双变得清楚明了。它们丑陋不堪的外表（人人都抱怨之）和意犹未尽的瞬间的亢奋（性交体验）莫不是就来自这未完结性？

似乎上帝曾有心创造一次性交：但没有完成自己的动作，而把它的开始给了男人和女人。于是便由他们完成这一原始动作。它的甜蜜性和不可抗拒性随之而来。

在"S"（即Sex，性）中一切都是顺理成章，不言自明的：这就是诸多才能都与"S"有联系的原因。

漫不经心的人也是聚精会神的人。但不是针对期待和盼望的东西，而是针对其他和自己的东西。

要执著于自己的志向，不要左顾右盼。这并不是说要当瞎子。眼睛几乎可以无处不看，但心灵则只能专注于一种东西，永远不能旁骛。

这是多么可怕的事，人（永恒的语言学家）为它找到一个词——"死亡"！难道可以用某种方式称呼之？难道它有名字？名字已是定义，已是"我们知道什么"。可要知道，我们对此一无所知。而且，在谈话中道出"死亡"时，我们仿佛是在晚餐的杏仁冻里跳舞或是问："汤碗里有多少个小时？"犬儒主义。无稽之谈。

我如何看待青年一代？
没看法。没想过。
只是偶尔想。不过我一直同情他们。孤儿。

爱即苦痛。无苦痛者亦无爱。

有察言的才能和观色的才能。我们以此洞视人的灵魂。并非每个人都会听别人讲话。有的人能够听其言，揣摩话语之间的联系并有联系地对之作出回答。但他没听出"弦外之音"，"话中有话"，而灵魂的言语就在这里,且仅仅在这里。

阅读时也需要听声音。因此,并非每个"读普希金的人"都跟普希金有什么共通之处,只有谛听说话的普希金的声音,体会一个活着的人所有的语调,才能与普希金产生共鸣。谁在翻书时听不见"活着的普希金",谁就等于没读普希金,而只是在读一个代替他,跟他差不多,"有着同样的文化修养和才华,写着同样的题目的人",但不是他本人。

由此看来,"科学院"版本的普希金是那么隔膜和嘶哑,完全被堆积如山的注释淹没,而温格洛夫[1]的版本还加上了粗制滥造的插图和形形色色的学术集市。他们无疑是把抽屉里的灰尘倒在了普希金身上:他全身是灰尘,全身是累赘。他形象和灵魂的主要特征——惊人的简洁和朴实消失在版本的形象和外表中。毫无疑问,最好的,甚至也是唯一让人爱不释手的,是他的旧版本,纸张很厚,每首诗都另起一页(茹科夫斯基版)。还有生前出版的一些单行本。《北方之花》中的他的诗和戏剧评论也不错。我有1831年出的《鲍利斯·戈东诺夫》和两本刊有普希金作品的《北方之花》,还有茹科夫斯基的一个版本。再过三十年这些版本会成为无价之宝,而行家们将全盘模仿(当然没有当代新闻检查官的删削)它们的纸张、铅字、版面布局、字体、开本和装帧。

在这样的版本中,我们仿佛能听到普希金的讲话。那些从事"出版"和"研究"普希金并为之编写注释的人,他们的漠不关心导致读者无法通过印刷品聆听到作者的声音。当今的古典文学"出版家"跟被出版的诗人和作家之缺乏亲缘感,已到了让人震惊的程度。"他们本该出版邦奇-布鲁耶维奇[2],可他们却在出版普希金。"博览群书的"同事"穿着民主的衬衫和海獭皮领大衣,戴着法国帽子,

---

1 温格洛夫(1855—1920),俄国文学史家,目录学家。
2 邦奇-布鲁耶维奇(1873—1955),历史学家,新闻出版家,布尔什维克活动家。

抓住"本色的"普希金,把他高高举起(尊重),就像狗熊举起梦中的达吉雅娜,开始胡说八道。

狗熊跟达吉雅娜有多少共通之处,当今的注释者跟普希金就有多少共通之处。

对神秘而艰难的出版业来说,阿基米德[1]的一句话是颇为恰当的:Noli tangere meos circulos[2]。

有否可能让实证主义者哭起来?
这等于想象"母牛骑在骑兵身上"。
跟他的谈话到此为止。永别了。

实证主义在自己灵魂的秘密中,或确切些,在自己没有灵魂的核心中:

  让没有感觉的躯体

  处处均匀地腐烂。

实证主义是垂死的人类的哲学陵墓。

我不要它!我不要它!我唾弃它,我憎恨它,我害怕它!!!

在马车上

如果让费洛索弗夫不穿套鞋通过湿漉漉的柏油马路,他会咳嗽一个星期;我不明白,他算什么工人的朋友?

反基督徒自称是"基督的朋友",犹太教徒称基督徒是"基督的朋友",教皇称反基督徒是"基督的朋友",而普鲁东[3]称洛希尔[4]是"基督的朋友"。如此下去,会导致什么结果呢?世界将瓦解,

---

1 阿基米德(公元前287—212),古希腊学者。
2 拉丁语:别侵犯我的领地。
3 普鲁东(1809—1865),法国小资产阶级社会主义者,无政府主义理论家。
4 洛希尔,18世纪法国银号老板,创立了洛希尔财团。

将失去界限和联系：因为它失去了碰撞。碰撞是不可或缺的：因为联系是通过碰撞而保持。然而其实，世界什么也没失去，因为他们所有的人，从费洛索弗夫到教皇，恰恰只是"自称"，而实际情况并没有什么改变：教皇还是反基督徒的敌人，而反基督徒还是他的敌人；费洛索弗夫还是平民的敌人，而平民还是费洛索弗夫的敌人。至于流言蜚语——悉听尊便。

流言蜚语，究其实质，乃是"精神寂寞与苦闷"引发的言语。

我们的信念不是我们的舌头，而是我们脚下的靴子。
破旧不堪的鞋，草鞋，擦上油的鞋。请这样将自己归归类。

几乎找不到一个没有才华的犹太人，但也不要指望在他们中间找到天才。须知，他们一直赞不绝口的斯宾诺莎是笛卡尔[1]的模仿者。而天才是从不模仿且不能被模仿的。

一种是才华，另一种至多也只是才华而已，它们来源于跟神性的联系。"根据这一联系"任何人都没丧失某些才气，犹如神性或远或近的反光。但从另一方面讲，一切又都属于上帝。犹太人因自己的上帝而强大，也因之而弱小。他们全都摇摆不定：上帝伟大，但犹太人，甚至预言家，甚至摩西，并没表现出非犹太人有时所具有的那种超凡的个性和自由的"我"。在康德[2]、笛卡尔和莱布尼茨[3]面前，所有犹太思想家都只是些"钟表匠"和"修理工"。从海涅[4]到艾兹曼[5]，在莎士比亚的光芒面前，犹太作家算什么呢？在他们的自由里永远出不了巴枯宁[6]的雄姿。"慷慨大度"和"英勇

---

1 笛卡尔（1596—1650），法国哲学家，数学家，物理学家，生理学家。
2 康德（1724—1804），德国哲学家，学者。
3 莱布尼茨（1646—1716），德国哲学家，数学家，物理学家，语言学家。
4 海涅（1797—1856），德国诗人，政论家。
5 艾兹曼（1869—1922），俄国作家。
6 巴枯宁（1814—1876），俄国革命家，无政府主义理论家，革命民粹派思想家。

无畏"与犹太人风马牛不相及。他们全都戴着锁链面对上帝。这锁链保佑了他们,但也束缚了他们。

……他带我参观他的别墅。通过卧室时,我看见一张双人床。我问:

——莫非你们住在这儿?

——直到生命结束!——神父坚定地说。

他女儿出嫁三年了——出嫁时已毕业。

他很喜欢捕鱼(在海边)。有一次遇上暴风雨,而他却在十俄里以外的地方,急得老伴儿在岸边到处求助:

——救救孩子父亲吧!救救孩子父亲吧!

那些芬兰佬一动不动,不敢去(还是渔夫呢)。

——我给你们十卢布!

那些人这才上了一只大船。傍晚时把神父带了回来。她给了他们一个卢布,没跟他们讲话。他们骂骂咧咧地走了。

她自己喜欢采蘑菇。为了这,她在头上系了一块头巾,打扮成农民模样。早上十点钟时,已带回满满一筐白蘑菇。

你如果问她:

——在哪里采的蘑菇?

——那儿。——她会含含糊糊地挥挥手。

她永远不会告诉你在哪里。

有一次海边下雨。我匆忙赶回家。天色已晚。我看见前面有一把伞,伞下站着一个人。那人正望着大海。大雨如幕。"他在这儿看什么?是不是在等什么人?"

喝茶时我把这事讲给神父听。他笑了起来:

——这是我父亲。从维亚特卡来作客。从未见过大海。特别喜欢水。一见到大海就流连忘返。也是神父。七十四岁了。

他还"自我安慰"呢。就是这个人。也许,还记得伊洛瓦伊斯基的话,他说:

——我对他们讲:"请你们摘录维克勒夫[1]。我要继续写我在神学院里没有完成的论文。现在空余时间多了,我要把它写完。"他们摘录好了。九大卷。冬天我要开始读。

他是彼得堡高等(技术)学校的神学教授。没有一个人上他的课。他对学生很宽容,自己索性也不去上课。只要有薪水、名誉和住房。他很喜欢得到女子学校的邀请。他在那儿兼课,就是说,也能得到薪水。

他的别墅大约值一万,也就是说占地面积很大。一个非常漂亮的花园。果树林。两处房子,一处自己住,一处出租了。我去过他的浴室。浴室算不上舒适。浴床很短(躺,卧)。这算不上什么设备。

"他要维克勒夫干什么?"我在内心笑道。我想起了恺撒大帝[2]:"宁做乡下第一,不为罗马第二。"尽管如此,神父还是不想改变自己,他依旧愿意做一个有学问的大学教授,一个对英国改良有着特殊兴趣的神学家。

根本没情绪同斯宾塞争论:只想揪住他整齐的大胡子,给他扯掉一半。

能在舞台上见到如此众多的"尼古拉时代的旧官僚"(在奥斯特罗夫斯基[3]和其他人的剧中),简直令人惊讶。俄国人没有注意到,斯宾塞跟他们所有的人相比,并没有什么两样。他的《综合哲学》

---

[1] 维克勒夫,14世纪英国宗教改革家,神学家。
[2] 恺撒大帝(公元前102—44),古罗马独裁者。
[3] 奥斯特罗夫斯基(1823—1886),俄国剧作家。

仿佛是一个分成若干"科"和"处"的局,而他就是这个局的局长,而且有革命的要求。

上七年级时,读过他的《论智育和德育》,还有其他什么东西,作者的愚蠢简直让我(还是个中学生)大吃一惊。我不是说他的个别思想愚蠢,而是他的腔调,他的内心愚蠢。从第一页开始,他就摆出一副给一个假想的笨拙的母亲讲课的架势,尽管我确信,随便找一个英国女人都比他聪明得多。他给这位母亲强加了诸多他所虚构的,也就是他本人所具有的,而英国妇女却根本没有的愚蠢品质。他给她上课,高高地挥动着食指。(中学时)一直有个问题困扰着我:"他怎么如此大胆!他怎么如此狂妄!"尽管当时我什么也不懂,但我凭眼睛,最后是凭合理的想法看到,感到,知道:当痛苦不堪和萎靡不振的母亲们还在为自己的孩子吃苦时,这个蠢货还不知道苦为何物;当她们知道并看得见孩子的模样和体形时,斯宾塞(当然是未婚的)还只是见过《不列颠插图》中的孩子,他的整个"智育"全是用他那一点儿也不聪明的头脑凭空杜撰的。例如不要阻止孩子,因为他们是无法阻止的;不要对他们的错误想法和有害愿望加以干涉;就让他们去碰壁吧:"一旦他们意识到这些想法的错误和由此产生的痛苦的后果,他们会迷途知返的,那时,这将成为最牢靠和最难忘的教育。"他不厌其烦地对假想的愚蠢的母亲阐述着。"比方说,如果孩子要玩火,就让他烫一下自己的手指好了"……比这复杂一点的东西怎么也进不了他的马脑壳。然而,请看,八岁的男孩开始手淫,用手捏或其他方式偶然体验了它的快感:怎么办呢?母亲应该等待,等到他二十岁时再"迷途知返"吗?斯宾塞对孩子的不良习惯一无所知!当然,《不列颠插图》中的孩子不手淫,但母亲是知道的,并为此而苦恼,也不知道该怎么办。六到八岁间,我喜欢做的事是:当火炉烧得正旺,也就是柴禾已烧掉一半,而煤已开始发红时,我走到近前,从腰间撩起衬衫(带花点的粉红色布衬衫),做成一张帆。也就是说,用牙齿咬住上边,用手指牢牢抓住帆的下角,严严地遮住炉孔。好像有什么东西要把它立刻吸进去,但也就在这时,它变成一个漂亮的弧形。我至今仍记忆犹新:它被烤得滚烫,通红,我躲闪不及,帆在掉下去的时候,碰到了我的胸部和腹部——烫伤了皮肤。通红的颜色和弧形的美吸引着我,我并没想过,它随时可能燃烧起来,我是站在死亡的边缘。我相信,一切都是由火点燃的,而热并不能导致燃烧,除非"擦着火柴去点它",否则衬衫是不可能起火的:"燃烧的方法只有这一种"。当屋子里只有我一个人时,我总是喜欢这么做。然而,由于忍耐不住,我在妈妈在场时已开始迈出"第一步"了。她始终很累,没有注意到,也就无从给我讲解我的行为的危险性。长此以往,其后果可想而知。而根据斯宾塞的观点,"是根本用不着讲解的",任凭我被烧死。不过那位母亲是"目不识丁"的,而他可是写了洋洋十大卷。唉,碰上这样的傻瓜让你为之奈何,不揪他的胡子才怪呢!

早晨读罢报纸以后

"简直俗不可耐!"

关于果戈理的《结婚》,在某人转述的一次谈话中,托尔斯泰作了这样的评价。

这句话在我心里装了一年,我一直在想:多么精辟啊!不仅正确,而且充分,因此只须给它打上一个"句号",用不着继续发挥。

整个果戈理,除了《塔拉斯》和那些小俄罗斯题材的短篇作品,从认识和内容的角度来看,确实俗不可耐。他是形式方面的天才,即"怎么"说和"怎么"叙述方面的天才。

他幻想着展示"一个庸俗者的庸俗"。让我们作个假设。尽管主题很怪。为什么不做些有意义的事呢?难道世界上找不到有意义的事吗?但占据他的,长期占据他的,他整个成熟时期占据他的,只有一个庸俗。令人惊奇的志向。

列宾[1]讲的一个故事震撼了我。这个故事到了我这里不是二手资料也是三手资料。假设是二手资料吧（即他是从一个认识果戈理并有幸到他家作过客的人那儿听来的），是他原封不动地转述：

"在我们这些尚无任何作为和任何表现的青年人中，果戈理在罗马不但比所有人年长，而且因负有盛名而最受人们推崇。所以我们，几个朋友，每周都要到他家聚会一次（假定是在节日）。但这些聚会，我们的崇敬，是极其难堪的。果戈理接待我们总是居高临下，态度傲慢，虽然他给大家沏茶并吩咐端上一些小吃，但由于他对大家的冷淡、古板和傲慢态度，我们什么也吃不下。结果，这成了一种夸张的，不愉快的喝茶仪式，活像一些小人物面对一个地位显赫的高官。而且，他的高傲和冷场给人造成这样一种印象，以至我们全都感到下一次（假设是星期三）必须还来，再喝一次这清淡而冰凉的茶，再拜见一次这位智慧和语言的太阳，然后再离开。"

列宾的原话我不记得——大意如此。当列宾说着（在路上，在别墅附近，刮着风）并一个劲儿地拉紧自己的斗篷时，我好像也在惊恐中冻僵了，因为我感到，果戈理的主要秘密似乎破土而出，展现在我的面前。他整个是一个讲究形式，生硬古板，一本正经的人，就像一个手执双枝烛台和三枝烛台的布道者，板着面孔的"大主教"这样那样地施礼，说着这样那样的技巧高超但内容空乏的"话"。我真不敢保证不说出最后一个词：白痴。他同时也是一个坚定不移，不肯转弯，仿佛内心失去一切理性和一切意义的人。"我写"——仅此而已。好极了。但意义何在？白痴瞪圆眼睛。不懂。"话"是很妙。这样的"话"谁也说不出来。而且他看得很清楚，的确是"谁也说不出来"。于是乎，为一种毫无意义的陶醉所陶醉，为一种毫

---

[1] 列宾（1844—1930），俄国巡回展览派画家。

无意义的高傲而高傲。

——呸，魔鬼！走开！……

可人体模特眨巴着眼睛。冷冰冰的玻璃的眼睛。他不明白，"说"的后面还应该有点儿什么，"说"的后面应该是"做"，应该是大火或洪水，恐怖或欢乐。这他不懂，他给"说"镶上最后一层花边，把最后一杯该死的冷茶分送给自己的"崇拜者"。在他愚蠢和庸俗的头脑里，那些人只不过是一些小小的"科长"，他们有义务为他这位大局长……说错了，是《死魂灵》的作者……唱赞歌。

——呸，魔鬼！呸，你是个怎样的魔鬼啊！灵魂里带有污点的巫婆，冰冷的死气沉沉的巫婆，玻璃一样透明，身上什么也没有的巫婆！

什么也没有！

虚无主义！

——走开，不干净的！

他的一张老脸在棺材里笑道：

——可我并不存在，从前也不存在！我只是露了一下面……

——该死的千面人！走开，走开！走开！真可怕，用什么来抵御你呢？

"信仰"——心提示道。

对一个心中埋藏着信仰——对人的灵魂的信仰，对自己的土地的信仰，对其未来的信仰——的种子的人来说，果戈理确实不曾存在。

从来还没有比可怕的人，比人类更可怕的东西进入过我们的土地。

喉管被割除的他以四百万种状态坐在深深的沙发里。

是这样的：我走进去，问："瓦西里可以吗？"得到他的默许后,我走进书房。不,是走近书桌,不,是扫视了一下桌上的两三本书和纸,然后转过身,开始慢慢地往外走……

一双眼睛落在我身上:在燃烧着的壁炉侧面,在屏风之间,一张沙发若隐若现,他坐在上面,是那么不显眼……

假如他能说出一句话,一个想法,一个愿望,那么明天,整个俄罗斯就会听到。这句话会让所有的人回过头来,成为他们关注的焦点。

但他已经三年没说话了。七十八岁高龄。

我吻了他的头,这满头白发,可敬可亲(对我来说是这样)的头……在他的眼睛里,在他头部的转动中,我看见了十二年来始终如初的那种善良与温和,才华与气质(奇怪!)。他身上有缺点(可以理解),但他身上没有平庸,无论在哪些方面,甚至在脖子的转动中。他全身充满朝气,且始终充满朝气;就是现在,面对死亡,他依旧充满朝气,依旧泰然自若。

他挪动一下笔记本,潦草不清地写道:"治病时,我只顾调皮。而我知道,我要死了。"我们都会死的。然而,只要喉管还未被割除,我们就要说话,写字,"衰老"。

他完全是平静的。没有痛苦。如有痛苦,他会喊叫的。啊,那会是另外一个样子。但他的死没有痛苦,他的脸色也是镇定的、安详的。

他又拿来笔记本,写道:"要是托尔斯泰在我的位置上,是不会停止写作的,而我不能。"

他问起托尔斯泰最后的作品。我说不好。他写道:"甚至哈吉·穆拉特[1],反对'上尉的女儿'[2]也是要付出代价的。操……"

---

1 哈吉·穆拉特(18世纪末—1852),高加索山民解放斗争的参加者,阿瓦尔汗国统治者之一,多次打败俄国军队,1851年投向俄国人,后企图逃走,被击毙。托尔斯泰著有同名小说。这里指的就是这篇作品。
2 普希金著有同名小说《上尉的女儿》。

这是他喜爱的一句话。他喜欢俄罗斯的粗话，但在温和的时候，他是面带迷人的童稚的微笑说这些话的。"民族宝库"。

他整个是民族主义者；啊，不是今天的党派意义上的！不过他没有忘记自己的沃罗涅什，他，一个县立学堂的老师，一个才华横溢、充满喜悦和希望的青年，就是从那里来，从那里走向俄罗斯，走向荣誉，他爱这俄罗斯的荣誉，立志要助俄罗斯一臂之力。他的"未入门"时期并没有什么可大惊小怪的：自由主义的鹦鹉学舌者还少吗？当他像个中世纪骑士，将自己的"名气"和别人的"爱戴"系成一个结，送进路边的小礼拜堂，面对圣像祷告一番，然后带着一种全新的感觉走出来的时候，他身上表现出一种感人和美好的东西。"我不应该为自己的名声，而应该为俄罗斯的名声而活着"。他就是这样生活的。我清楚地记得那些断断续续的话，他好像是自言自语，但又当着我的面，这些话鲜明地勾勒出这个人的形象。

（关于阿·谢·苏沃林[1]，1912年5月；写在一张灰色信封的正面。关于哈吉·穆拉特，根据苏沃林字条原件证明，不含有"俄罗斯的粗话"，但此处仍根据我的印象和谈话三分钟后所作的记录。不过，苏沃林确实喜欢"粗话"。有一次，他对我谈起报纸，很激动，用手指敲打着桌子说："我爱自己的报纸胜过自己的家庭（又一次激动起来），胜过自己的妻子……"由于对金钱，对社会地位的爱不可能胜过对妻子儿女的爱，所以，这句话的含义只能是："跟俄罗斯共同的办报工作相比家庭和妻子对我来说更宝贵。"这深藏于内心，近乎呐喊的东西，我称之为一个报人的"骑士礼拜堂"。）

我扛着文学如我的棺椁，我扛着文学如我的哀伤，我扛着文学如我的厌恶。

---

[1] 苏沃林（1834—1912），俄国新闻记者和出版家。

心里没有一点儿悲剧感,母亲和儿子淹死了。换个人会为此而发疯,会忘记墨水瓶在哪儿。而他只是给普鲁东写了一封"凄惨的信"。

赫尔岑

普鲁东对他来说毕竟是个"出身显赫的外国人"。俄罗斯就是这样,没有"外国人"会喘不过气来。

——罗斯被遮盖得太严实了,太闭塞了。应该在天上划开一条缝。事实上,"对外国人的思念"是不是过于辽阔的地域乃至文明对每个人的弱小心灵长期压抑的结果呢?

——"喂,给一个德国人吧。"

很自然。"外国人"是我们的抗议,是我们的呼吸,是每个人想要保留在一望无际的罗斯中的"自己的脸面"。

——"看上帝份上,巴克尔,快来吧!"

仿佛昏迷中抓住一根救命的"稻草"。

在铁轨马车上

总而言之,揪作家的头发并没有什么不妥。

他们还是孩子:只是有些自命不凡,而且已四十开外。

牧师在中世纪没少揪他们的头发。活该。

中心是生命,生命的陆地……而作家则是小金鱼和鳊鱼,在它的岸边游来游去。陆地绝对不会因为金鱼摆尾而移动。

早晨读罢报纸以后

有心栽花,花偏不活。当我们朴素的罗斯以朴素和闪光的爱为

《战争与和平》而爱上他的时候,他却说:"这还不够。我想成为佛和叔本华。"但事与愿违,他既没成为佛,也没成为叔本华,只得到了四十二张照片:有正面的,侧面的,有肖像照,半身照,全身照。有坐着的,站着的,躺着的,有穿短衫,穿长衫或其他什么衣服的,有扶犁和骑马的,有戴帽子的和"随随便便的"……嗷,魔鬼可真会嘲弄把灵魂出卖给他(即荣誉)的人。

"到底选哪一张照片呢?"——两个女生和一个男生说。结果是买了整整三张,总共花了十五戈比。

Sic transit gloria mundi[1]。

荣誉不仅仅不是伟大:荣誉恰恰是伟大之堕落的开始……

眼睛要看着教堂,看着世界,看着国王。

写在名片上

众所周知,俄国人善变。有一次,他们竟然变成了大仲马。瞧这位先生,带着一个真正法国人的感觉,启程去研究俄罗斯及其奇怪的风俗。当在边境上问及他的姓名时,他谦虚地回答:

——博博雷金[2]。

博博雷金身上最重要的特点就是:在任何地方都能通行无阻……

我无法想象让博博雷金"犯愁"。

所有的人都勉为其难,只有博博雷金总是轻松自如,易如反掌;于是我想:再难消化的东西到了他这里也只是"小菜一碟"。

---

1 拉丁语:世间荣耀如过眼烟云。
2 博博雷金(1836—1921),俄国作家,90年代移居国外,著有中长篇小说百余部。

这是个令人难忘的诗歌创作方面的博博雷金。

是的,他通晓各种语言,掌握所有的节奏,而且,可以说,文笔、思想和想象驾驭自如:论这些品质,他是不可限量的。

但灵魂呢?他没有灵魂:这是个衣架,上面挂着印度、墨西哥、埃及、俄罗斯、西班牙的服饰。最好是吉普赛的,可惜没有。他为读者展示的乃是一次服装大检阅。他自认为:"我多么富有啊!"而实际上,在这一切的下面,只不过是铁匠伊万诺夫打制的一根铁钉,简单,粗糙,没什么高明之处。

他的良心呢?别提这个问题。

在区法院等书记员时——关于诗人巴尔蒙特[1]

忧愁是我永恒的客人。我是那么喜欢这位客人。

她的衣着既不华贵也不寒酸。她面容清瘦。我想,她就像我的妈妈。她没有言语或很少言语。只有外表,这外表既不伤心也不气恼。可我为何要描述她呢,难道找得到合适的语言?她是无穷的。

忧愁就是无穷!

她在晚上到来,在黄昏时到来,听不见她,看不见她。当你以为她不在时,她已经"在这里"。现在她既不反对,也不争论,只是悄悄地给你的思绪加上一层自己的情调;这"情调"是无穷的。

忧愁是责备,是抱怨,是欠缺。我想,她一定是在那个晚上,即亚当因偷吃禁果而被逐出天堂的那个晚上来到人的身边的。从那时起她始终离他不远。始终"在这里的什么地方",而当夜幕降临,她便悄然而至。

区法院,等待书记员时

---

[1] 巴尔蒙特(1867—1942),俄国象征派诗人。

当代的实质是:把一切纳入规范、模式和套语中。大丈夫们津津乐道。有了个叔本华,"悲观主义"便成了套语。有了个尼采,他的"反基督徒"便挂在了成千上万的马嘴上。感谢上帝,幸亏现在没人读福音书,否则它也在劫难逃了。

上了这艘贼船你就别想跳下去。

——您想一鸣惊人吗?

——想啊。

——别着急。我给您提供一个模式。

——可我要的是心。我要的是灵魂。

——对不起。除了套路,什么也没有。

——那就算了……不,我还是走开的好。还是过我的穷日子吧。

写在马卡列夫斯基的名片上

为什么人身上有这么多的铁?这是首屈一指的金属。

——为什么人不是用金子做成?

"金子是给天使的"。

但金钱能切割铁。这对金钱来说是一种痛苦。但随之而来的又是怎样的快乐啊。

跟一个牧师谈话之后

要用指甲捍卫自己的爱,要用牙齿捍卫自己的爱。捍卫它不受理性的侵犯,捍卫它不受权力的侵犯。

只要你对爱坚贞不渝,上帝就会赐福予你。

因为爱是生命之根本。而上帝就是生命。

去沃尔科沃的路上

所有的女子学校,成功则培养修女,不成功则培养妓女。

"贤妻良母"——那是痴心妄想。

还是爱没有欺骗我。欺骗我的是信仰、文明、文学,总之是人。但爱我的那两个人,我却从没有看错。并不是说她们的爱使我心安理得,全然不是;但要求看到理想和真实的东西,则是一个人心里永恒的渴望。正是在这两个人身上,我发现了没有残缺的真实。她们灿烂的脸上没有一丝道德的"皱纹"。

假如我自己也是这样的,我的生活就会是完美的,我就会是一个无比幸福的人,用不着宪法,用不着文学,用不着漂亮面孔。

目睹人间之美好,并知道它对你依依难舍,这是神才有的福分。我一生中曾经两次——最后一次持续了整整二十年——拥有这"神一般的生活"。

有可能,我们的人民并不好,但他们是我们的人民。这是决定一切的。

离开"自己的"能往何处去?"自己的"之外是"别人的"。就是这个词决定了一切。不妨试一试在"别人的国度"生活,不妨试一试跟"外族人"一起生活。"宁要自家的一片面包,不要别人的一块蛋糕。"

死,我无论如何不能承受。

如此度过一生,似乎死并不存在,不奇怪吗?这是最司空见惯和最平淡无奇的事。然而我却这样对待它,仿佛谁也不应该,什么也不应该死去。仿佛死并不存在。

最司空见惯和最平淡无奇的事,但我总是说:"我没有见过。"

我当然见过死,我的意思是说,我没有注意过那些正在死去的人。这是否也意味着,我不爱他们呢?

这就是我作为坏人的一面,恶劣和可怕的一面。此时此刻,我是那么恨自己,那么讨厌自己。

说实话,我从未直接跟教堂融为一体(无论童年,少年,成年)……我始终是其中的一名观众,一位站立者——想要祷告并未祷告实际已在祷告的人,一个评价者;(成年时期)我对教堂颇多好感……但这并不是,比如,"朋友"身上,她母亲身上的东西:"我在祷告","这是我的","这里是我们大家的","这是我们的"。于是,我在这里成了一个"外国人"——一个"心向往之的无政府主义者",比如在政治方面;遗憾的是,在其他方面又何尝不是如此。

这可怕的沙漠折磨着我:我永远不是"自己的",人世间没有一个地方让我感到是"我的","上帝赐给我的","与生俱来的"。

我的整个生命乃是寻觅:"何处是我的?"只有在"朋友"身上我才发现了"我的"。相见与结合,这是"命运的安排","上天的旨意"。这是一种充满活力的东西,一种充满活力的理想的东西,而不是"由于充满活力(因为喜欢)而被理想化的东西"。这种结合是命中注定的。这是上帝的指引。

写作关于救火大会一文时

我并不仇视道德性,只是"不挂在嘴上"。或者说,当我把它作为题目(根据别人的要求),它总是滑脱。"行为准则"跟我的灵魂风马牛不相及,而且,我对此也无可奈何。再者,我始终讨厌"有行为准则"的人:他们矫揉造作,呆头呆脑,没有什么可取之处。"他递给你一张纸条,读完你会对他了如指掌。"然而请看:当你遇见一个道德高尚的人,他跟你一样,从不把道德性挂在嘴上,他生来如此,是上帝、父母和永恒造就了他,他不阳奉阴违,他不别有用心,他不对别人怀有恶意——当你遇见这样一个人,难道你没有"一见如故"之感?难道你还用得着处心积虑地算计别人,伪装自己?难道你还用得着搬出"纯粹理性批判"?不,你会悄悄地躲到一边,以免他看见你，你会注视他，把他当作人世间最崇高的人。

一个美的人，即"善良的人"，"美好的人"，是人世间最宝贵的财富。世界之所以被创造出来，就是为了能看见他。

为什么要作这样的论断呢？请看例子。天黑了。人人都像筋疲力尽的狗一样干家务活儿。我在门口揩拭书上的灰尘，而娜嘉（一位消瘦、苍白的侍女，有丈夫和孩子）在擦窗户。我的瓦利娅挂着拐杖，一瘸一拐地走到窗前，用那只还听使唤的右手搂住娜嘉的脖子，伸过头去像吻自己的孩子一样吻了她。娜嘉吓了一跳："你怎么了，夫人？"她哭着答道："这是上帝派你来的。你身体很虚弱，家庭又不幸（丈夫生病，躺在乡下没工作，孩子得了疝气），可你一直不怕辛苦，不抛弃我们。"说完就走开了。娜嘉感动得一时不知说什么好。

有分工的不同，却没有先生和下人，主人和奴隶的区别，人人都应各司其职，创造和谐，因为我们需要它。箱子、钉子和东西：没有箱子东西会丢失，没有钉子箱子会散架；不过钉子不是最重要的，因为一切都是为了"东西"；而从另一方面讲，"箱子容纳一切"，且"大于一切"。普希金明白这个道理，所以他不把自己置于米罗诺夫上尉（白山要塞）之上，这样一来，上尉在普希金身边感到很愉快，而普希金跟上尉在一起同样很愉快。

可现在，当世风日下的时候，人们反倒糊涂起来。

性中有力量，性即力量。犹太人同这力量结合，而基督徒同这力量分离。这便是犹太人能战胜基督徒的原因。

这里的斗争在于根本，而不在于表面——而且如此深刻，以至你头晕目眩。

基督教对性的继续拒绝将扩大犹太人的战果。正因如此，我才开始不失时机地为性鸣锣开道。基督教应该哪怕是部分地成为生殖器崇拜的宗教（孩子，离异，亦即调整家庭，增加家庭岩层的厚度，扩大家庭的数量）。

可惜，有文化的犹太人不通此道，而有文化的基督徒对此漠不关心。

当生活已不再美好，为什么还要活着呢？
——你将大逆不道，如果你自己去死。
——岂有此理，你们可曾知道我的痛苦？要教训我，为时晚矣。再说，我跟你们有何相干？你们跟我有何相干？我死不死是我自己的事，跟你们没有一点儿关系。
你们应该在人活着时说。可你们当时一声不吭。而对死者大惊小怪，你们不是多此一举吗？

死是这么一回事：在它之后一切都失去了意义。

但它会为一切而来临。

难道非要说，一切都失去了意义吗？
也许，屠格涅夫的资料索引现在对他有意义？恶心……

"托尔斯泰的宗教"莫不是一个养尊处优、声名远扬和无忧无虑的土拉地主的"东跑西颠"？
缺少切肤之痛——这是托尔斯泰不可饶恕的一面。
读佩尔卓夫编《托尔斯泰纪念集》

我如何看待自己对1900……不，是1897—1906年的"近乎革命性的"痴迷？

——它不无道理。

人的可恶始于自鸣得意。

当时自鸣得意的是那些为官者。

后来成了革命者。于是我开始恨他们。

重读了自己关于列昂季耶夫的文章（在纪念他的集子里）。不喜欢。里面有一种潜在的庸俗，表现在：说到自己喜爱的另一个人时，我应该谈他，不应该把自己也加上，而我加了。这是如此浅薄，如此唐突，好像我不爱死者，其实我当时是那么爱他，至今仍在爱他。然而，就像一个寡妇，"毕竟还是照了一下镜子"。

上帝啊，保留我身上作家的这一点纯贞吧：不照镜子。

大作家与小作家的区别几乎只有一个：照镜子和不照镜子。

索洛维约夫没有力量推开这面镜子，列昂季耶夫没有看见它。

作家必须克服自身中的作家（作家气、文学气）。只有做到这一点，才能成为作家；不是"做过而已"，而是"成就事业"。

生活中，一生中，最使我震惊的是什么？

不高尚。

和高尚。

还有：高尚总是处于屈辱之中。

卑鄙差不多永远春风得意，左右逢源。侮辱性的卑鄙。

……总而言之，既然有人（列文，其他人）指责我，就说明我身上有可指责的东西（尽管听来逆耳）。只是别指责我犬儒主义：

承认它固然容易，可我身上一点儿也没有。一个温和的人身上，一个几乎总在忧伤的人身上，能有什么犬儒主义呢？不，是别的东西。

我身上缺少明确性，真正的积极的仁慈和开放性。我的内心是一团乱麻，我不能自拔……

我严重的苍白无力就是由此产生的。（这一切，即混乱不清，在我的风格中多少有所表现。）

爱即渴望。是灵魂对肉体的渴望（也就是说，肉体是灵魂的表现）。爱永远是对我特别缺乏和特别需要的东西的爱。

爱即苦恼。一旦不被满足，它便折磨你，苦恼你。

因此，爱得到满足时，则使人再生。爱即再生。

爱是互相容纳，彼此吸收。爱永远是交换，灵魂与肉体的交换。所以，当没什么可交换时，爱便泯灭。而且它永远由于一个原因而泯灭：交换材料的枯竭，交换的停止，彼此的饱和，曾经相爱而且相异的人变得相似乃至雷同。

齿轮互有参差，才能配合默契，一旦磨光，便会彼此脱扣。"转轴"停了，"工作"也就停了：因为作为对立两极的匀称与和谐的机器消失了。

这显然是死了的爱，永远不会复活……

于是，在它（彻底）完结之前，作为爱的最后一丝希望，变化应运而生。没有什么能像一方相对于另一方的变化那样拉开爱人之间的距离（制造差别）。齿轮上最后一个还没有磨平的齿同与之相对应的另一个齿咬在一起。运动又一次成为可能，成为一定程度的现实。由此看来，变化乃是爱的自我疗救，爱的"自我修理"，给破旧的衣服打的"补丁"。不少有裂痕的爱由于变化的出现还能进发出相应的火花并创造出未必勉强的白头偕老的幸福。但假如没有变化，情人们或家庭就只能破裂、离异、解体；爱也就彻底泯灭了。

偷看私人信件的邮政局长（《钦差大臣》）是个有着良好文学趣味的人。

有一次，二十五年前，我偶然登上一间阁楼。一只旧箱子，盖子敞开着，里面满满登登地装着一些旧信。下去后，我问：

——这是什么？

——这是我的（寄给我的）旧信——那位女医生，60年代的著名女活动家回答。

整整一箱子！

间或读到仆人的信，我常被大众语言、大众灵魂、大众生活和世界观的绚丽多彩所震撼。我不由得在心里感叹："这就是文学啊，最美的文学。"

作家的信总是很枯燥乏味。他们好像吝啬鬼，把"鲜花"留着去发表，轮到写信息是没精打采，"无话可说"。这些东西并无发表的价值。不过，私人通信确实精彩。

每个时代（在私人信件中）都说自己的语言。每一个阶层，每一个人同样如此。

真恨不得把那些"胡编乱造的小说"，所谓的新式美文及其替代品统统清除出去……用科学、学术、哲学取而代之。

不过有时还是需要，最好是独立成书，把这一箱子旧信复制出来。茨维特科夫[1]和格尔申逊会从中获益匪浅的。别的读者，少数严肃认真的人，也会读得津津有味的。

把自己置于道德之上，并像拿破仑一样，对讨债者大手一挥，

---

[1] 茨维特科夫（1888—1964），文学家，罗扎诺夫的朋友。

盛气凌人地回答:"我就是不还钱",这当然容易。但罪该万死的是,有人欠我钱的同时,还欠着别人的钱。左等右盼,度日如年。真不知该如何摆脱困境:我欠着小铺的账。又不方便找警察,尽管我不是没想过。

(尼采的哲学)

不错,我阴险狡诈,就像切萨雷·博尔贾。[1] 关于自己的朋友,鬼才知道我会说什么。我爱这居心叵测的背叛,其中闪烁着魔鬼的眼睛。但让人极不舒服的是,我的女房东满楼梯散布我的谣言,说什么我跟女佣人同居,还有守门人,这么不客气地看着我,似乎我已不是主人。

我是主人。而且我希望别人像尊重主人一样尊重我。

只有"先当主人",才能达到"尼采的自由"。可让我如何"先当主人"呢,当人们欠我的钱不还,在楼梯上对我恶语中伤,甚至当我在马路上被人打了脸,想要叫巡警,那人竟醉醺醺地冲我大声吼叫:

——瘪三,你不懂,这是新道德,现在打别人耳光不但不是犯罪,还是大发慈悲呢。

我明白,是这么回事,如果我打别人。然而,要是别人打我呢?

也是哲学

勒齐好像没有手没有脚,只有脑袋和肚子。

---

[1] 切萨雷·博尔贾,源自西班牙的贵族,其家族在 15 世纪至 16 世纪初的意大利起了很大作用。

看啊，想啊，吃啊。

他不得不去"服役"了。可怜的人。在稽查处里，他向我显示藏在衣服下摆里的上等"香烟"：

——西班牙货。朋友送的。走私品。

后来我再没见过这种香烟。

有一次跟沙拉波夫[1]和一个船员共进午餐时，我听到他的一句妙语："味阶"（先吃什么后吃什么）。

不过，坐着不动时，他总是深思熟虑，精心策划，万无一失。他是个天生的杰出的校长和教育家，有三、四个"助手"，政法学校，法学，随便什么，他得心应手，驾驭自如。就是这样一个人，曾被迫在铁路局里"审核报表"，身不由己地倒卖香烟。

我从他那儿听到过许多妙语。有一次，不知为什么，他专心致志地用手指在空中做着击打的动作，然后热情地对我说："节拍乃是心智。"多么微妙，多么含蓄啊。

还有："是的，他不会讲课。他什么也不会。在我们这儿，这样的人早给赶跑了。牛津则会把他留下。他会钻书本。他寻找，发现，嗅味道。他是个天生的学者，凭灵感而不是凭文凭吃饭的学者。初级学校的青年人即便是在马路上碰到这个老在啃书本的人也会受益匪浅，他能教给他们的东西要远远多于滔滔不绝口若悬河的青年教师的讲座。"

这对大学来说，可谓金玉良言。没有一个俄罗斯的教育部长会有这等见识。

---

1 沙拉波夫（1855—1911），作家。

有些话说出来未必合乎时宜。诺维科夫和拉吉舍夫就属此类。他们讲的是真话,是崇高的人的真话。然而,假如这"真话"变成数万数十万张传单、小册子、书和杂志在俄罗斯大陆上四处传播,传到奔萨,坦波夫,土拉,传到莫斯科和彼得堡,那么,奔萨人和土拉人,斯摩棱斯克人和普斯科夫人就不会有击退拿破仑的雄心壮志。

更有可能的是,他们会号召"有本事的外国人"来占领俄罗斯,就像已有此打算的斯麦尔佳科夫[1]和在思想上已有此呼吁的《现代人》那样;卡拉姆津的《历史》也就无从下笔了。这就是拉吉舍夫和诺维科夫虽然说了"真话",但却不被接受,在当时不被接受的原因。说实在的,他们受到排斥,他们的言论没能找到市场。这并不是反对他们的思想,而是反对传播他们的思想。古滕贝格发明打字机固然没受到什么约束,但"限制思想自由"也就是从那个时候开始的。其实,所谓的"思想自由",无非是"我们不想听"罢了。

民族性对每个民族来说,乃是宿命,命运;它甚至可能是阴暗的。命运在它的力量中。

"你逃避不了命运之神";也逃避不了"民族的枷锁"。

——坐一会吧,费奥多·爱德华多维奇。
——不行。贝佐夫[2]正等着我。
——哪个"贝佐夫"?
——同学。大学同学。也退学了。
——是吗?

---

[1] 《卡拉玛卓夫兄弟》中的仆人,私生子。
[2] 贝佐夫(1880—1934),化学家。

——我到您这儿来,是顺便到他那儿去了一趟:"一起走,不然我会寂寞的。"他这会儿正在大门口等我呢。

至今我无法想象施佩尔克没有贝佐夫会怎样。施佩尔克总是跟贝佐夫在一起。贝佐夫是何许人也,长得什么样,我从未见过。但我大概知道,假如施佩尔克不跟他在一起,也不一个劲儿地拉他,他是不会跟施佩尔克这么难分难舍的。

施佩尔克还习惯了去找一位哲学家……忘了姓名。他(用笔名)出版了一部厚得让人头脑发昏,或许,还深奥得让人头脑发昏的著作——《人类精神的水晶》。拉德洛夫[1]和魏金斯基[2]当然没读过。忘了姓名。列德涅夫(笔名)……他住在奥赫塔郊外,他在那儿有自己的房子,带个小花园,而他本人则是交易所的经纪人,哲学家兼经纪人。他有一个女儿,已出嫁,也就是说,他年纪已经不轻。

我妻子("朋友")和这个经纪人是施佩尔克转向东正教的原因。施佩尔克令人惊讶地,"像狗一样"朴实而高尚地追随着他。在施佩尔克眼里,经纪人是俄罗斯最聪明的人,"魏金斯基和拉德洛夫怎能望其项背。"他的确是一个出色的俄罗斯人。他责备施佩尔克尽出些小册子,"把精力浪费在鸡毛蒜皮上。"

观察施佩尔克对他的爱是一件令人惊奇和感动的事。

这位哲学家的名字我想起来了:斯维奇金。

——老爷,您太狠心啦!
——怎么了,奶妈?
——您竟睡着了。
"上帝啊,上帝!我竟睡着了!"
而施佩尔克还在用他那抑扬顿挫、字斟句酌的嗓音朗诵《我的

---

[1] 拉德洛夫(1854—1928),俄国哲学家,通讯院士。
[2] 魏金斯基(1856—1925),俄国哲学家,俄国新康德主义的主要代表。

灵魂》（一部自由体长诗）。

——您读吧，费奥多·爱德华多维奇，我稍躺一会儿。——我说。经他一读什么都清楚明白，可当你自己去读铅字时，反倒不知所云了。

我站了起来。他微微一笑。他对我的失礼从不耿耿于怀，因为他知道，我永远不会有意伤害他。我们去喝茶。

请看看植物。这里有"细胞中的细胞"、"原生质"和诸如此类。不言而喻，既合乎理性，又合乎生理。

"绝对科学"。

但它在植物里是如何生长的，则是一门艺术。在蘑菇里一个样，在白桦树里另一个样：但在蘑菇里是艺术，在白桦树里也是艺术。

难道山坡上的云杉不是艺术作品？难道它在被画进图画之前就不是图画？这奇迹从何而来？

上帝啊，从何而来？

上帝啊，是你造就。

多神教，经过锻压，锻压到"极限"，到失去一切形态，成为铸造品，这便是犹太教。然后再继续锻压，锻压到只有气味，没有物质，变成"0"，这便是基督教。如此，可以把全部宗教看成"同一发展过程"，没有矛盾，没有对立的运动，就像对物质的逐级锻压，锻压到"金属的密度"，到"只有一团气体"。

可以吗？

加手仪式之后，披上了"不朽的袈裟"的他开始左顾右盼，动脑筋增加收入。

俄罗斯高级僧正的命运

他是个有自我牺牲精神的人,与妻子分居。她跟别人生活在一起。起初是个书记员,后来是一个朋友的儿子,再后来则是来者不拒。他哭过。

有一次我们乘坐马车到哪去或从哪来。他说:

——要过好日子,用不着有钱。

——您说什么?

——您需要钱吗?

——不错。

——好极了。我们拿一张期票,我和勒齐签上名,您去到银行贴现……

——怎么个"贴现"?

——就这么"贴现"呗。银行付给您的不是全部数目,而是要扣除一点儿。期票存在银行里。当然,当您有钱的时候,再把它赎回来。所以,如今根本不需要有钱,只要自信您以后会得到就够了,就是要靠"以后会得到"这份自信心生活。

美妙之至的"如今"。

——这简直是神话。

——对!再然后——照例还是抄写期票,留待"将来"。我就是这样生活的。这么多年,从不缺钱。

世俗的海洋

我的文体中有一种可恶的成分。任何东西,只要掺杂了这种成分,都不会长久。也就是说,我不过是昙花一现?

这可恶表现在我的自鸣得意中。有时甚至在我的孤芳自赏中。好像我有一副油光锃亮的肚皮,而且是我自己给它抹的油。真的,因为这,我好像是在飞,这当然也是一种品质。但这飞翔不是安分守己,循规蹈矩。那样会更好些。

我的理想是宁静,高尚,纯洁。可我距离它有多么遥远啊。

当你有了这样的自我意识,你就会想:文学太难了!确实,只有心灵纯洁并一生纯洁的人才是真正的作家。作家不能后天造就。作家乃是天赐。唯其如此,作家才有"不朽的生平"。

纯洁的人——普希金就是一个。今天回过头来,看我发表在《俄罗斯导报》上的文章,不由得有一种恍如隔世之感。才过去十七年,这篇文章就已经显得相当陈旧,尽管当时曾赢得一片喝彩。它是可笑的,丑陋的,夸张的。如果事先能再读一遍,我就不会发表它,但已经付梓,木已成舟。《上尉的女儿》中没有一句话是陈旧的,过时的,虽然它已经八十岁了!

秘密究竟何在?在于普希金心灵的非凡的完美。而我的心灵却全然不是完美的。

我是多么浮躁和可悲啊!披头散发,衣衫褴褛:

暴风雨残留的

最后一片被撕碎的云……

我是勉为其难,自讨苦吃。

当你意识到这一点(即自己的微不足道),你会感到自己是那么不幸。

看一看过去的文章总是有所收益的(我却从来不看)。你会意外地发现自己的局限。"现在——一切都是令人陶醉的",而且有可能,这已经是天意。但光阴荏苒,蓦然回首,你会说:"这不是真的!这不是真的!"

令人伤心,令人后怕。

校订刊登在 1896 年《俄罗斯导报》
上的《论君主制》一文时

就这样,一旦你感觉到自己在文学方面的平庸无能,你会突然开始尊重文学:"这太难!我不行!"这里的"我不行"——先是惊叹，然后是赞叹（别人行）。

这对我来说是稀客，稀客中的稀客。

人只有行将就木时才会达到真正的严肃。

难道整个一生都是轻浮的？

不错。

我曾将约翰·穆勒[1]的头像同波果金[2]的头像加以比较。后者的脸是那么耐人寻味，而前者的脸是那么暗淡贫乏。

相对而言，还是俄罗斯文学更绚丽多彩。怎样的性格，怎样的怪异，怎样的荒诞啊！有朝一日我是否会重新爱上文学？现在我恨它。

整理大学时代积累的图片时

老实说，我痛恨的是文学中的什么？

跟人身上的一样——自鸣得意。

自鸣得意的赫尔岑对我来说，跟斯卡洛祖勃上校一样讨厌。在文学方面、婚姻方面、公职方面一帆风顺的格里鲍耶陀夫，在我看来，还是那个斯卡洛祖勃上校。斯卡洛祖勃上校之所以让我们反感并不是因为他是军人（雷列耶夫[3]也是军人），而是因为他"自鸣得意"。就这一主要特点来说，斯卡洛祖勃上校，格里鲍耶陀夫和赫尔岑这三个人，可谓臭味相投。

法国人不擅长共和制，同样也不擅长君主制。他们既没有正常的共和制感觉，也没有正常的君主制感觉。他们不懂爱慕，依恋，信仰，崇拜，怎么可能有什么君主制呢？而共和……他们算什么共

---

1 约翰·穆勒（1806—1873），英国哲学家，经济学家，社会活动家。
2 波果金（1800—1875），俄国历史学家，作家，通讯院士。
3 雷列耶夫（1795—1826），俄国十二月党人，诗人。

和党人——这些扒手，这些钱夹，自诩为公民的账房先生和贴身保镖侍立左右？这纯粹是自己口袋的警卫。

她（法兰西）依靠什么支撑？最少依靠的就是"共和制"。从街区到街区，从城市到城市，从省到省。为什么这一切不能"依靠"呢？要知道，并没有什么破坏它们，并没有什么敲打它们，也没有什么挖它们墙角。枯死的树林还能支撑一阵呢。

怎样的污秽啊……不，是怎样的恐怖啊，他们的小说……去年夏天读过一篇讽刺作品，在《俄罗斯之晨》里。仿佛一场虚构的噩梦。情节是这样的：姐妹三人都是妓女。父母是一幢大楼的看门人。第三个女儿，即小妹妹，爱上了一个大学生，并住进了他的阁楼，她因此而让父母和姐姐"丢尽了脸"（作者的全部讽刺就在这里）。她——"毁了"。

只有读完并再浏览一遍这篇小说，你才会明白她们的底细，即她们是妓女。她们在黄昏时分出现在豪华咖啡馆，坐在一个灯光比较适中且引人注目的地方。她们打扮得珠光宝气，让你误以为她们是"大家闺秀"。直到后来你才恍然大悟：主要是通过小妹（三女儿）的命运和作者普遍的讽刺语调。父亲和母亲，每天晚上和早上，都要坐在自己舒适的门房间里，品尝香喷喷的咖啡，末了再饮上一小杯价钱很贵的葡萄酒。女儿们敬他们，爱他们，为他们挣钱买咖啡，买酒。

孩子孝敬父母，父母爱护自己的孩子。一个老头和一个老太。还有三个如花似玉的美人儿。无须讳言，彼得堡也有这样的事。我就见过两次。一次是见一位母亲，指着一个躺在担架上的妓女，对十六岁模样的女儿说："你若是能像这个姑娘（妓女）那样找个男人多好"，"总该有个着落，有个出路。"

让人寒心吗？但这是事实。家庭的粗暴，言语的庸俗。女儿的性生活被一个恶婆一笔勾销，她自己没有性生活，女儿也不能有，只有"一种类似性生活的东西"，被她视为"一个永远花不完的卢布","一棵摇钱树"。可以想见,那是什么。那只不过是一张肮脏的席子,一个没有打扫干净的房间。另一次是我小时候所见(那时我还什么都不懂,还没进中学),更要糟糕:一个军官,当他听到车夫敲窗户喊:"安娜·伊万诺芙娜在吗?旅馆有请",竟然允许自己怀中的年轻女人前去应召。

总之,耳濡目染。但我从未见过如此下流无耻的"公民"——"迷恋咖啡,好酒贪杯,因为女儿们收入颇高",还有如此奴颜婢膝的文学家——把重大的生活事件,或许还有重大的心理事件归结为"舌苔上的味觉"⋯⋯俄罗斯的情况再糟也比法兰西好。这里的问题不在于"得到的钱币",也不在于"早晨的咖啡",而在另外的地方:在于老父老母或靠姘妇为生的姘夫的加倍堕落。总之,这是加倍的不安分,而钱币只是实用之物。这加倍的不安分毕竟是一种自然现象,我们还可以研究它,思考它,但这个只研究账本和上颚神经感觉的法国人却没什么可供思考和研究的。这里的堕落者是文学家。啊,他比看门的老夫老妻,比当妓女的三姐妹要低级得多!妓女有妓女的修养,有妓女的博学,有妓女的宗教,有一切。小动物有小胃口。但文学家,但文学,在伏尔泰[1]和卢梭[2]之后,在帕斯卡[3]和蒙田[4]之后,在基佐[5]、蒂埃里[6]和阿拉戈[7]之后,却低级到只剩下尖酸刻薄的地步,真是:

一边是狮子,一边是人。

---

1 伏尔泰(1694—1778),法国作家,启蒙运动思想家。
2 卢梭(1712—1778),法国作家,哲学家。
3 帕斯卡(1623—1662),法国哲学家,作家,数学家,物理学家。
4 蒙田(1533—1592),法国人文主义哲学家。
5 基佐(1787—1874),法国历史学家。
6 蒂埃里(1795—1856),法国历史学家,浪漫主义流派奠基人和阶级斗争理论创始人。
7 阿拉戈(1786—1853),法国学者,彼得堡科学院国外院士。

似乎，文学的本质是虚假的：不是说现在的文学家不好，是整个文学领域不好，而且，导致这种情况的原因在于根本。

"只要我写出来，人人都会先睹为快……"

为什么是"我"写？为什么是"他们"要读？这里有这样的成分："我比别人聪明，别人比我愚蠢。"这真是罪过。

人们根本没有发现，《隐居》中有新的东西。人们把它同卢梭的《忏悔录》加以对比，其实我首先要做的并不是忏悔。

所谓新的东西，就是它的格调，带有手书性质的格调，就像是在古滕贝格时代以前，是写给自己的。要知道，在中世纪，人们并不是为公众而写作，因为当时还没有出版一说。尽管如此，中世纪文学在许多方面都是出色的，感人的，有力的，硕果累累的，虽然并不引人注目。新文学则明显地在过于招摇中毁灭了自己；在印刷术发明之后还不曾有人能抵挡得住古滕贝格的诱惑。

我的近乎神秘的真正的隐居却做到了这一点。斯特拉霍夫曾对我说："要始终为读者着想，要写得让他们明白。"可我无论怎么为读者着想，到头来还是想不到他们。我想象不出一张读者的脸，也想象不出一个能对我作出评判的人。我始终一个人写作，其实是为自己写作。甚至当我写一些"应景之作"时，我仍然仿佛是与世隔绝，对周围的一切听而不闻，视而不见。我喜欢在我们报社的接待室里写"社论"：络绎不绝的来访者，报社成员同他们的谈话，来来往往的脚步声和喧哗声，再加上正在撰写《从国家议会中的最后一个发言谈起》的我。有时也在公共大厅里写。有一次我对同事们说："先生们，安静点儿，我在写黑帮文章（跳棋声，说话声，笑声）。"笑声更响了。可我反倒觉得更加安静了。

对已经发表的东西，我的感受是惊人的："这不是我的。"因此，谁若是骂那些发表的东西，我从不感到耻辱，而且，我有时还要笑着说："罗扎诺夫这个傻瓜总是胡说八道。"可有一次施佩尔克和阿丰卡来找我，要我读一遍已经写好的文章，我却紧张起来，害怕起来,生怕他们不肯放过我。还好,正在这时有人端上茶炊,叫我们喝茶(是好心的瓦利娅)。这才给我解了围。还有一次,在《艺术世界》编辑部,在场的有梅列日科夫斯基,费洛索弗夫,加吉列夫[1],普罗捷克,努威尔[2]……梅列日科夫斯基说:"让我们读一下瓦西里·瓦西里耶维奇论普希金的随笔吧(校样)。"我顿时吓坏了,惊慌失措地请求他们别读。每当宗教哲学协会里有人念我的报告(念手稿并当着听众的面),我总是如坐针毡,以至什么也没听见(由于羞怯)。

与此大相径庭的是,我对印刷品却处之泰然,不管里面说了什么,是好还是坏,是可笑还是可耻;也不管人们怎么骂。给人的印象是:"好像这根本不是骂我,而是骂别人。"

灵魂的"手书性"就是这样赋予了我《隐居》的格调。这是与生俱来和挥之不去的,绝不是一意孤行和后天得到的。我认为,自有出版业以来,这是一种全新的格调。可以讲述自己的丢人现眼——可讲出来的东西还是要成为"印刷品",可以虚构关于自己的"恐怖"——可最后还是要成为"出版物"。只有取消发表这一条路可走。于是,已很少在报刊上发表文章的我,又向内迈出了一步,又朝背离自己常用的"刊物"(睡衣,内裤)的方向下滑了一级。我仿佛赤身裸体进了澡堂,这对我来说一点儿也不难。而且只有我一个人不觉得难。再没有谁能做到这一点,除非那个人跟我一模一样。不过我想,这样的人是不可能有的,因为世界上找不到绝对相同的两张面孔,就像找不到绝对相同的两种笔迹一样。

这不是品质问题,不是能力问题,也不是才华问题,而是遗传问题。

---

[1] 加吉列夫(1872—1929),俄国戏剧活动家,《艺术世界》创始人之一。
[2] 努威尔(1871—1949),音乐评论家,《艺术世界》成员。

归根结底是那个（近乎疯狂的）秘密，即我自己跟自己说话：这么恒久，这么专注，这么狂热，以至除此之外什么都听不见。我身上和我身边冒着浓烟，"四下里烟雾腾腾"，没人能看得见什么，没人能看得见我，"我们不认识这个世界。"确实，我很像一块冒着浓烟的木头（小时候我常从炉子里取出来玩）：你根本看不见它，看不见用来夹它的那把钳子。

上帝也是用一把钳子夹着我。"上帝用我给世界施放烟幕。"有这可能。

姑娘们，奉劝你们别嫁给作家，别嫁给学者。
创作也好，学术也罢，全都是利己主义。
你们不会得到"朋友"，尽管他会自称是朋友。
嫁给一个普普通通的人吧，嫁给一个官员、办事员、商人吧。最理想的是嫁给一个手艺人。没有什么能比手艺更神圣。
这样的人才能成为你们的朋友。

生儿育女莫不也是一种对世界的倾诉？

默然无语和不通文墨的人们，除了孩子，再没有什么可对世界诉说了。

抱起初生的婴儿，年轻的母亲有权利说："这就是我的预言。"

就连我身上的污垢也是美好的，因为这是我。
——组恶毒攻击《隐居》的文章

一直是老伴儿带我去领"养老金"……—年两次，这是她唯一坐马车的时候。无法表达我的兴奋。我抢先上车，她刚上来，我就迫不及待地对前面讲：

——走啦，走啦，车夫！

——走吧。——老伴儿说。

只有她发话车夫才会动地方。

这些日子是幸福的，可以把当铺的东西赎回来了，还可以买上大大的一整块糖（"将来用"）。养老金一次有一百五十卢布（一年三百卢布）。那些人可真是考虑不周，或更确切地说，是粗心大意：如果我们按月领，每月领二十五卢布，那么，住在自家的房子里，加上一头奶牛，还是可以生活的。然而我们有时却到了这种境地，只能吃些烤洋葱（自己种的）和干面包。经常是一百五十卢布一下子用掉，于是一连三四个月身无分文。

我至今还记得：有一次，家里只剩一个戈比。客人们对我说："去，瓦夏，买半磅面包。"我拿着一个戈比难堪极了，我没吭声，不想去，但最后还是去了。走进面包店，装出满不在乎的样子对一个伙计（大约十七岁）说："买一戈比面包。"他好像并没有说什么（他完全可以发笑），我太高兴了。

亚·安·鲁德涅娃作为教堂执事的妻子，也领养老金，好像每年六十卢布，每季度领一次。数目虽小，但我记得，每到那个时候，她的心情总是很愉快。他们家的开支每星期控制在三到八个卢布，这笔养老金算是帮了大忙！

我认为，老的养老金，这少得可怜的养老金，比现在"涨过的"，增加了近四倍的养老金更有意义。人，从根本上说，应该永远工作，应该永远是一个"有益于别人"的人，一直到死。养老金绝不应该给他们完全的保障，不能让他们"无所事事"。养老金不是利息，可以凭它"无忧无虑地生活"，而是一种资助。

这笔小小的养老金，假设每人每年一百二十卢布，应该用得恰到好处。一年一百二十卢布，或者还要一年三百卢布，乘以十就是三千，乘以一百就是三万，乘以一千就是三十万……俄罗斯每年偿还"债务"大约三亿;如果拿出十分之一用来支付养老金,那么,俄罗斯便会有五十万人,也许是最优秀的人得到接济!

如果是我,我愿本着《圣经》精神,用这笔钱创建一个"西顿寡妇基金会"。我还愿为之推荐救济对象:一半是神职人员,一半是医生。

我跟 M.[1] 的关系一波三折,可谓一部完整的"历史",而且是不明不白的。不知为什么(的确不清楚为什么)他始终爱我,甚至当我在刊物上公开对他进行恶毒攻击和肆意侮辱的时候(虽然我不无理由)。换一个人早拍案而起,暴跳如雷了,即便是我也会耿耿于怀,可他却以惊人的方式一如既往地爱我。有一次参加宗教哲学大会,我背对观众坐在一张桌子旁边(根据会员的职位)。人差不多都到齐了。"昨天"刚有一篇文章攻击他,不用说,人人都读了。忽然,M. 和自己的济娜[2]走了进来。我赶紧把头埋下,尴尬极了。我想:"还是让我们装作谁也没看见谁吧。"但他却出人意外地坐在了我的左边,还平静,谦虚但又大声地跟我寒暄、握手。更不可思议的是,他一改争辩的口气,当场为我讲了一番并非吹捧,而是实实在在的好话,对我的文章给予了最高程度的肯定。我简直不相信自己的耳朵。同样的举动勃洛克[3]也曾有过:听了一篇关于他的侮辱性文章之后,他竟远远地朝作者点头,然后还走过去,跟作者握手。这是怎么回事,我百思不得其解。M. 一直爱着瓦利娅,尊重她并在内心和精神上关心她(我能感觉得到)。而我却给他们所有的人都制造过可怕的痛苦和烦恼(我总克制不住冲动)。正是因此,虽然是后来的事,M. 和 Ф.[4] 才去了《俄罗斯语言》,要求:"要

---

1 指梅列日科夫斯基。
2 即梅氏夫人吉皮乌斯。
3 勃洛克(1880—1931),俄国象征派诗人。
4 指费洛索弗夫。

么是我们，要么是他（瓦尔瓦林）[1]主持报纸工作"，亦即要求开除我，值得庆幸的是，这并没能动摇我的地位，因为我已在资金上立稳脚跟（三万五千卢布）——这只说明我的"作风的坚定性"（今天还要加上"公益心"），跟灵魂并没有什么瓜葛。在生活中，很少能碰到这样的爱，这样的休戚与共，难分彼此：愿上帝赐福给他的名字，他的精神，他的命运；愿上帝保佑他的济娜身体安康（这是他最最需要的）。

这是什么，难道我将拥有读者（《隐居》的成功）？

这只不过是跟我在一起的斯特拉霍夫、列昂季耶夫、哥沃鲁哈－奥特罗克[2]（尚未出过书）会有读者，会留下印象，并获得一定的"成功"（也许是无用的成功）：也可能是弗罗伦斯基和勒齐。

对"自己"来说——不需要，或许也不应该。

不过，我想对什么产生影响呢？

对人的心理，对人的灵魂，对他们（读者）的个人灵魂的零碎性和松散性。对思维方式我一点儿也不希求有什么影响；对"信仰"——甚至连想也不想。我对此持"无所谓"的态度。我自己曾像更换手套一样更换过信仰，而且对套鞋（是否结实）远比对信仰（自己的和别人的）更有兴趣。

如果是我受到影响，好不好呢？我想，回答是肯定的。在我心目中，"理解我的人"就是最优秀最有意思的人，难道这是异想天开？我深知，这并非出于自尊。看见他们满腔热忱地感受着人的灵魂、世界、母牛、星辰、一切，我不能不把自己的赞同，自己的爱倾注在他们身上。我读过茨维特科夫不少关于受苦的鸟儿和生病的

---

1 罗扎诺夫的笔名。
2 罗扎诺夫的论敌。

狗的故事，还有一篇关于一个西伯利亚神父的故事：妻子得了麻风病，他照料她，服侍她，最后同她死在一起。读了这样的东西怎能无动于衷呢？这样的人才是我的好兄弟，我自叹不如的好兄弟啊。尽管斯特鲁威[1]一个劲儿地给我灌输什么"党"啊，"没有党派就没有政治"啊，诸如此类，我仍然"顽固不化"，一如他在我眼里也是顽固不化。有鉴于此，如果我能产生影响，我希望"我的影响"能表现在拓宽人的灵魂方面，使之"呼吸一切"，"吸收一切"。但愿人的灵魂能更加温柔，但愿我的耳朵能更大一些，鼻孔能更粗一些。但愿人们能"闻到所有鲜花的芳香"……

此外我别无他求：

整个王国将被她毁灭，

整个宇宙也受到她的威胁（指死亡）。

既然如此，一个人，一个可怜的人，除了闻一闻田野里的花香，还能剩下什么呢？

闻了。死了。随即是——坟墓。

我固然很重视智慧（没有它会很无聊），但无论如何不欣赏它。

有智慧，就会有意思，这是不言而喻的。但不知为什么，它不能使人赞叹使人倾倒（完全是另一范畴）。

上帝何以让我们心向往之？

显然不是凭借智慧，至高无上的智慧。那么究竟是什么？

我的欣赏点始终在灵魂，正是它让我神迷，让我陶醉（像听音乐）……灵魂是魅力无穷的（完全是另一范畴）。那么，上帝是否凭"魅力"使世界心向往之？至少他是凭灵魂，而不是凭智慧。上帝是世

---

[1] 斯特鲁威（1870—1944），俄国哲学家，政论家，经济学家，历史学家。

界的灵魂，而非世界的理性（完全是不同的东西）。

有多少游手好闲的知识分子在夸夸其谈啊，而有远见的犹太人却占据了药店（平均每条街上有两家），且没有一个俄罗斯人被录用，哪怕是当伙计。今天我在一家药店里大声叫喊："犹太人，你们把一切都握在自己手里了。"一个年轻的犹太女人在收款台旁回答："让俄罗斯人跟我们合伙吧。"

——这可是利润百分之百的生意！——我说，借用一位搞园艺的俄罗斯人的话（在澡堂里碰上的）。

——不对，只有百分之五十。

百分之五十的利润！

一个俄罗斯懒汉嗅着空气，看有没有"反对派"的气味。发现有以后，马上尾随之，并从中得到了莫大的安慰，仿佛找到了自己在世界上存在的理由，找到了自己的意义，找到了"天国"。俄罗斯怎能没有反对派呢，既然它能这样安慰所有的人并能解决成千上万的个人问题？

"这样"生存是颇为尴尬的，但"这样"对待反对派则是世俗的 comme il faut[1]。

来了一个浑身臭哄哄的平民知识分子。他带着自己的仇恨而来，带着自己的妒忌而来，带着自己的肮脏而来。仇恨，妒忌，肮脏，不过，却有自己的力量，且这一点给他罩上一圈"否定的恶魔"之

---

[1] 拉丁语：头脑发昏。

光环；但恶魔的后面隐藏的不过是一副奴才相。他不是黑，而是脏。他毁了从杰尔查文到普希金的贵族文化。文化和文学……

文学中的平民知识分子和平民知识分子
米哈洛夫斯基对他们的陶醉

我是否喜欢女人的身体？

除了神秘因素……具体的？就是旁边的"这位"和"那位"？

不错，正是旁边，但仅此而已。一直想触摸一下（却从未碰过）。从小时候起。总是在欣赏，脸颊，脖子，特别是乳房。

可是，一回过头，就忘得一干二净了。

能够刻骨铭心的始终是灵魂和其中的苦痛（瞬间的印象会成为我长久的记忆）。

凶恶的东西（"凶恶的女人"）甚至不会使我产生兴趣。在肉体中，我喜欢的是它的善良，它的善良的品质。

乳房和怀孕的肚子让我激动，让我着迷，更让我销魂。我一直希望看到整个世界都是怀了孕的。

我觉得，"旁边"的女人们感觉到了这一点。那是在索洛古勃晚会上，大概是《十二个幽灵》的演出吧。人黑压压的。我坐在十六排，见第三排有个空座，我便在最后一幕开始前坐了过去。旁边是一个四十五岁左右的女士。由于一切根本不是由"幽灵"，而是由袒胸露乳的女演员组成，我便在幕间休息时既像是对这位女士，又像是自言自语地说：

——是啊，人们对这一切加以嘲笑，把这一切视同儿戏。而其实，这一切对健康是多么重要啊！要对这一切进行保护，使之不受束缚，不被否定，要让与此相关的一切能够得到及时、自然和良好的体现。

这位女士抬起眼睛严肃地说：

——啊,是的!

——年轻的母亲多么妩媚动人啊!她们的性格、灵魂得到再造。出嫁是第二次诞生,是对第一次诞生的修正。父亲没有完成的东西,由丈夫来完成。他能让姑娘走向完美,只因为他是丈夫。

——啊,对!对!对!——她兴奋地说,她的声音里好像掺杂着个人感受。

沉默片刻,她又说:

我有个女儿,出嫁了……

——有孩子吗?

——有。几个月了。但早在生孩子之前,刚成为妻子时,就开始变了,变得丰满、红润。从前面黄肌瘦,成天生病,不是这疼就是那疼。出嫁以后,这一切全都不见了。她变得妩媚、娇艳了。

——孩子呢?她自己喂养吗?

——对,是的!是的!自己喂养。

我是她的什么人?坐在第三排她右侧的"邻居",周围尽是些古板的人。但对"肚子"的兴趣在瞬间消除了人与人之间的障碍、距离,使人们"一见如故",成为朋友。"肚子"所具有的这种巨大的凝聚作用、社会作用是惊人的,感人的,高尚的,崇高的。产生于"肚子"的思想并不比产生于(相当空洞的)头脑的少。而且这是最崇高最热烈的思想,最重要最有生命力的思想。同样的东西托尔斯泰也有。索菲娅·安德列耶芙娜[1]不是很满意我们来访(因为未经她同意;她权力欲很强)。但当我们聊起来(就她致安德列耶夫的一封公开信),才认识半小时,她就已经不把我们当外人了。她给我们讲生了几个孩子,怀了几次孕,如何用母乳喂养,等等。她是个从里到外都很出众的人,我很喜欢她。她讲话很坦诚,很直率,很大方。

---

[1] 即托尔斯泰夫人。

她是个举止高雅、仪态端庄的人。

我对女人（和姑娘）的态度是这样的：永远满腔热情地关心她们的命运，永远好像无形中我牵着她们的手（谈话的线索），把她们引向怀孕、生产和喂养孩子，由此发现她们的存在的最高理想。

有一次（也是在剧院里）碰到诗人C.和他的妻子——他们俩变得那么漂亮，气色那么好看，简直认不出来了——我说：

——你们从前走路"两脚朝天"（两个都是颓废派），而今走上"罗扎诺夫道路"了……

——走上什么"道路"？

——最最普通的道路。很快你们俩将青春焕发。从前他脸色多难看啊，还有您——骨瘦如柴，一副病态！现在他是容光焕发，而您的乳房也增高了。

他们俩坐在椅子上，略显笨重。不过"完全是正常的"。

他们俩有说有笑，始终很快活。

——您知道吗，当文学界不再哄传你们快要结婚了，很多人都表示担心。要知道，他的诗是那么残酷和肉麻，到处是鬼影晃动。

我永远忘不了她那无比温馨的回答。令人振奋：

——比瓦西里·瓦西里耶维奇更善良的人世上没有，没有！您是那么善良、体贴、关心别人！

她整个光彩照人。是经验和知识使然。

这真是奇迹，且创造奇迹的竟是一条"普通的道路"。有点头脑的女人都有能力矫正丈夫的不足，在夫妻生活中不知不觉地把他引向理想，使他变得更加美好。她在夜间用窃窃私语和柔情万种给他以强有力的引导。"好吧！好吧！"——凡事不能操之过急，要在潜移默化中使他日臻理想，日臻完善。

性是一座山，一座高山，一座光明之山，它的光芒能照亮整个大地，赋予大地以新的，无比崇高的含义。

相信这座山吧。它就屹立在四条木制的腿上（这里不允许有铁或其他硬金属,"扎人"的钉子也是一样)。

我见过这座山。我可以作证。并将誓死捍卫它。

普希金和莱蒙托夫以自身结束了俄罗斯从彼得大帝到他们自己这一灿烂时期。

论创作技巧的高超托尔斯泰仅稍逊于普希金、莱蒙托夫和果戈理;他没有莱蒙托夫的精雕细刻,如《商人卡拉什尼科夫之歌》;也没有普希金的多姿多彩,如《回声》;更没有果戈理的淋漓尽致,如《死魂灵》……就连普希金的片断,小作品和删掉的诗句中也没有平庸和败笔……但托尔斯泰的平庸之处很多……

不过,托尔斯泰也有超过他们三位的地方:这便是整个生命的高尚和严肃;不在于"他做了什么",而在于"他想做什么"。

普希金和莱蒙托夫"并没想做什么特别的事"。尽管对这样的天才来说是很奇怪的,但事实的确如此。他们所做的恰恰是结束一切。他们恰恰是整个文明的落日和黄昏。一般说来,晚上是"不想"的,只有早晨才"想"。

俄罗斯的海洋——光滑如镜。一切都是"倒影"和"回声"。记忆的"回声"……富丽堂皇的"拉斯特列利[1]风格"随处可见:在宫殿中,在事件中,在节日中,在悲伤中……爱尔米达日[2],杰尔查文和茹科夫斯基,公共图书馆和卡拉姆辛……在"拉斯特列利风格"中甚至有反对派,这便是十二月党人。

  寂静的,安宁的深夜,

  空气透明,天空闪烁……

突然有个魔鬼用棍子搅动海底:于是从海底升起一股股浊流,沼泽的气泡……这是果戈理来了。果戈理身后:一切都完结了。苦

---

[1] 拉斯特列利(1700—1771),俄国建筑师,巴洛克风格的代表。
[2] 爱尔米达日,即国家美术馆。

闷。困惑。仇恨,很多仇恨。"多余人"。苦闷的人。糟糕的人。

一盘散沙,四分五裂。"把我们的君主制朝不同的方面拉。"——"哎,万卡,你怎么站着不动?拉!不然就没有机会了。"

戈利尔卡[1]。特列帕克舞[2]。快速蹲踏动作。不错,这已不是"宫廷盛景",而是"遗失街的风习"了……

托尔斯泰从这迷雾中抬起头:"去找理想!"

作为一个作家,他在普希金、莱蒙托夫和果戈理之下;但作为一个人,一个高尚的人,他在他们所有人之上。他甚至可能不是一个很聪明的人,但没有谁能像他那样执著于崇高伟大的理想。

这就是他胜过所有作家的地方。

应当承认,他的天性并不像普希金那么高尚。天性是一回事,而愿望,"梦寐以求的东西",则是另外一回事。托尔斯泰"梦寐以求的东西",比任何人都崇高。

对旧的东西的尊重应该是虔诚的,而不是疯狂的。

致旧教徒和教条者

生命像表面的颜色一样消失。这是多么可怕的"消失"啊。可怕的恰恰是时间范畴。可怕的是与时间的联系。

人不过是转瞬即逝的过客。有谁能承受得住这个想法呢……

哦,我多么渴望永恒。"时间的奴隶",绵延的世纪和短暂的瞬间——并没有什么区别。哦,我不要这"时间的奴隶"!

1912 年 7 月 11 日

---

1 戈利尔卡,乌克兰的伏特加。
2 特列帕克舞,乌克兰的一种民间舞蹈。

只有痛苦能为我们展示伟大和神圣。

痛苦之前是美,是善,甚至是大;但永远不是伟大,不是神圣。
1912年7月1日

我们为爱而生。
成就不了爱,我们就会在这个世界上忍受煎熬。
成就不了爱,我们就会在那个世界里受到惩罚。
1912年7月1日

我没有把老伴儿从病魔手中解救出来。而我是能够做到的。只须对她多一分关心,对钱币学,对金钱,对文学少一些兴趣。

这就是我唯一的和全部的痛苦。不是"基督",绝对不是。"基督"没有我照样是"基督"。他什么也不缺少。而老伴儿却只有我。

我曾经守护她。却没能保住她。这就是我的痛苦。

生活要求有准确的眼睛和坚强的手。生活不是眼泪,不是叹息,而是挣扎,可怕的挣扎。眼泪——"留在家里","咽在肚子里"。外表——是铁。只有包着铁的房子才是结实的,坚固的。

我身上的铁太少了,正因如此老伴儿才会这么艰难。她一个人拉着一辆大车,气喘吁吁,苦苦挣扎。她是为我而挣扎啊。

如今拉车人倒下了。而我能做的却只有哭。
1912年7月2日

神父们——是基督身旁青铜铸就的军队。

基督的眼泪和痛苦在他们身上一点儿也没有。自打生下来我就没见过一个会哭的神父。甚至"没功夫哭":总是没完没了的"职责"和"公务"。

作为军人,他们要保卫基督,但同时又在扼杀他身上的秘密和主要的东西。

也许,只是"我们的神父们"?
而且,显然不是全部。
半年后,亦即这个想法产生并记录下来的
半年后。

顺便说一句,我从未见过有谁像神父那样,对死亡无动于衷。"这个形而上学对我们算不了什么。"

对,这——不是全部
想法产生半年后

然而,抨击归抨击,没有神父我们又会害怕。他们始终有流泪的可能,实证主义就没有可能。

泪水不足,这是神父的缺点,而实证主义者根本没有眼泪,且这绝不是"缺点"。这就是二者的天壤之别。

对我来说,在这个世界上,毕竟
神父更可爱。半年后补记

一种模糊和黑暗的东西在挥刀宰割。
怎么回事?
没人知道。

犹太人秘而不宣的追求便是做一个体面人。他们总是洗澡,洒香水。犹太人不会挑不漂亮的女人跳舞,他们要挑最漂亮的,而且要一直跳到脚跟发软才肯罢休。让我们再回到"体面"二字上：犹太人极力要洗掉身上的一种世界性的污垢，一种亘古的汗臭。但却总是洗不掉。所以始终战战兢兢，生怕邻居会因为这汗臭避而远之。

想起了布良斯克的一个晚会，
有一些药剂师参加

作家的才华不知不觉地蚕食着他的生命。

蚕食他的幸福，蚕食他的一切。

才华是厄运。一种令人头重脚轻的厄运。

1912年8月1日

有孩子虽苦犹甜。没有孩子——幸福是多余的。

我遗嘱我所有的孩子；——一个儿子四个女儿——人人都要有孩子。没有孩子的女人，其命运是可怕的，迷惘的，苦涩的。没有孩子的女人是罪人。这是罗扎诺夫给整个俄罗斯"遗训"。

除了"月亮"人，"我不想！
我不想"的自然界

我们不是因思考而爱，而是因爱而思考。

甚至在思想中，首要的仍是心灵。

备课时

有人说，我给自己的书（《隐居》）定价太高，可要知道，我的文章饱含的不是水甚至不是人的血，而是人的精液。

世界是否充满了我们尚不知晓的恐怖？

是否因为人的头脑尤其是心灵会对它不堪忍受，才没有完美的品行？

我们是一群可怜的小鸟……蝇营狗苟，得过且过。

人人都在想象:灵魂即本质。但它为何不是音乐?
于是便寻找它的属性("对象的属性")。但它为何没有形态?

早晨喝咖啡时

我全然不是"争取"(梅列日科夫斯基),而是抓住了胜利。可当我看见死亡,我的手松开了。

在马车上

世界的痛苦战胜了世界的欢乐——这就是基督教。

于是幻想回归欢乐。这就是多神教的忧虑。

一切都将消亡,我们将消亡,我们的事业将消亡。
爱呢?
不会。
想要思考。

为什么我这样固执己见,坚持"消亡"一说呢?

将有那么一小块土地,人们在那上面销声匿迹。上帝啊,整个大地就是一座巨大的坟墓。

没有自信就成不了强者。但这自信也能助长人身上的不谦虚。
我有时在自己身上也能看到的那种可恶的东西,是不是由此而来?

在"城外"村

要学会隐居，要学会隐居，要学会隐居。

隐居是灵魂最好的卫士。是灵魂的庇护天使。

隐居中有一切。隐居中有力量，隐居中有纯真。

隐居是集中精神，是——还我"完整的我"。

1912 年 7 月 31 日，早晨喝咖啡时

对人要忠诚，上帝不会以不忠诚来回报你。

对友谊要更忠诚，对爱情要更忠诚：其余的清规戒律可以不去理会。

7 月 13 日

时光飞逝，我们要互相亲吻。岁月无情，我们要互相亲吻。我们不会互相责备。甚至当责备是对的，也不互相责备。

7 月 28 日，纳乌克[1] 去世，
《新时代》里的讣告；老伴儿哭了。

陀思妥耶夫斯基就像一个醉醺醺的神经质的婆娘，咬住了俄罗斯的"败类"并成了俄罗斯的预言家。

"明天"的预言家和"久远过去"的歌者。

"今天"——在陀思妥耶夫斯基那里是根本不存在的。

我爱茶，我爱给香烟打补丁（在断裂处）。我爱自己的妻子，自己的花园（在别墅）。从不紧张，从不着急。

愿上帝把如此"太平的居民"赐给所有的国家。罪过呢？那么谁又能无过呢？

---

[1] 纳乌克，罗扎诺夫的家庭医生。

我不明白。愤怒,灰尘,垃圾,有时是石头。简直是倚着圆木打盹儿的一条小鱼旁边的一个可怕的"漩涡"。

我不明白,为什么文学界那么恨我。我认为自己是个"非常可爱的人"。

一条小鱼——很分明。还有水,还有空气。他们需要什么?

一组书评

欧洲文明将毁于恻隐之心。

正如希腊毁于哲人(诡辩家),罗马毁于寄生虫(贵族桌边的食客)。

欧洲文明的毁灭机制表现在对形形色色的下流和暴行斗争无力;到最后罪恶将摧毁世界。

请注意,一切善良、纯朴、安宁和仁慈的东西现在已经开始受到排斥、嘲笑、歧视和凌辱了。他杀了八十岁的祖母和她八岁的孙女。没有一个人挺身而出。"不感兴趣"。突然凶犯——"穿呢大衣的小市民"(《罪与罚》)举刀刺向那些人的脸。大家全都跳上车,逃之夭夭:"他侮辱了人的尊严",他"做了不文明的事"。

由此看来,"毁灭"不是因为恻隐之心,而是因为假恻隐之心……现正处于断裂之中……文明将毁灭于是非颠倒,善恶不分,毁灭于对作为道德核心的,"与生俱来"的基本美德的歪曲……在古希腊这是智慧,在古罗马这是君权,在基督徒这是爱。"人道"(社会的和文学的)就是一种冰冷的爱。

请看:冰凌在冬日的阳光下闪闪发光,好像钻石。

正是这些"钻石"毁灭了一切。

我给索洛维约夫(《论自由和信仰》)提的一个老问题不是没

有道理:"您要自由干啥?"内容需要自由(以便发展),但没有内容的东西何必要自由?又能有什么样的自由?要知道,俄国社会是没有内容的。

俄国人并非没有内容,但俄国社会的确没有内容。

深深的困惑:如何出版"我"?如是"全部著作",那就会成为赫拉斯科夫[1]的"俄罗斯集成",谁会去读它呢?差不多有三十卷。而三十卷的作者永远等于零。如果加以筛选,择其精华,编成三卷左右,那么,令人感到棘手的是:我整个世界观的若干"利箭"(成就,高峰)只是表述在给别人的文章、给杰尔诺夫、福济、西科尔斯基作的注释中……

怎么出版呢?完全的困惑。

真是个没有类型,无从编辑的奇怪作家。

无论如何,我跟出"三十卷"者是不共戴天的:这意味着埋葬一切。

在别墅吃晚饭时

托尔斯泰根本不是一个信教的人,没有一个信教的灵魂,跟果戈理一样。两个人都害怕宗教,害怕黑暗的,不为人知的,陌生的东西。

1912年5月27日

文学给我的感觉有如裤子。如此亲近且完全是"自己的"。爱护它,珍惜它,"永远穿着它"(我始终在写作)。但何必要跟它以礼相待呢?!

---

1 赫拉斯科夫(1733—1807),作家。

我的超乎寻常和全部底细在于：我不能设想文学"在自己身外"，比如，"在自己房间之外"。

清晨起床时

我对文学的"了解"只是身体上的，接触性的，而且并不及我的"不了解"来得深刻。如果用天平来衡量的话，那么，"虚无"的一边（即空的一边）反倒要重些。正是由于这不均衡造成的波动，才产生了一切。

当然，我知道（看得见）有杂志，有报纸，一切都"按部就班，各得其所"。订阅，邮局。但"仿佛是在梦中"，而且我几乎"并不相信"。我不要求到这里来，也不在这里报出自己的姓名。"这里"还是"那里"，对我全都一样。

（文学中）宝贵的东西正是裤子。永恒的，温暖的。不拘礼节的。

作家的秘密在于指尖，而演说家的秘密在于舌尖。

这两种本领，写作和演说，永远势不两立。在二者中，智慧起的作用很小；这是参考资料，办公室，写字台等等，诸如此类。但这不是真正的激情，也不是那种独一无二有血有肉的才华。

11月21日，圣母进堂节。
我喜爱的节日——它联系着我记忆中
叶列茨那座可爱的圣母礼拜堂

野蛮和暴力能带来的"成功"是百分之二，而热情和殷勤能带来的"成功"是百分之二十。

这一点犹太人比谁明白得都早，还是在基督诞生之前。从那时起他们就一直"成功"，而对手永远"失败"。

这就是整个历史，既简单又复杂的历史。

骂娘的犹太人，打人的犹太人，甚至粗鲁的犹太人，我从未见过。但他们的针相当锋利。在生意上，在财富上，在荣誉上——在他们开始把这一切从别人手中夺走之时。

犹太人总是从献殷勤和提供服务开始，而以获得权力和统治地位告终。

因此，在第一个阶段，你抓不住他们的把柄，也无法排除他们。当有人只是为你效劳时，你能怎么办呢？而在第二个阶段，他们已羽翼丰满，所向无敌。"大水淹没了一切。"

于是所有国家和民族在劫难逃，纷纷毁灭。

吸烟时

苏沃林死了，但周围到处是他——他的事业，他的精神，他的"一切"。印刷机依旧在隆隆作响，报纸依旧在发往各地，仿佛还听得见他说："真想跟校对上去一趟"（去办公室，去"自己那儿"）。

但他毕竟不在了。"不在了"——又好像还"在"。这"不在"与"在"之间的摇摆太可怕了。这里有一种可怕的东西。

甚至还会增加死亡的恐怖和死亡的可恶。"人似乎跟我们在一起"：这远比"他永远不在了"更恐怖。在"他永远不在了"中，有的是悲伤，怀念，眼泪；而这里的工作的继续将最大限度地淡化死亡的意义，死亡的"一切"。

"人似乎没死"，这太可怕，太恐怖了，对一个确实死了的人来说，只有一个是重要的，即他永远不在人世了，他已进入一个新的世界，那里"无论如何不会有报纸"。

离开我们这些忙于世俗的人，他"独自一人"进入了那个可怕的新的世界。

鉴定古币时

可能，我的一生是在"没有罗斯"的情况下度过的（"思想上的流浪"），但我想跟罗斯死在一起并跟俄罗斯人葬在一起。

除了俄罗斯人，独一无二和绝无仅有的俄罗斯人，世上再没有什么人让我感到需要、喜欢和兴趣了。

读罢《钟声》中关于舒瓦洛夫斯基的可怕葬礼

——在犹太人墓地，用犹太人仪式。

他一生都认为自己是个东正教徒

1912年11月2日

文明不在街上，文明在心中。

那里是它的根。

犹太人的"效劳"是钉在我手上的钉子，犹太人的热情是焚烧我的火。

因为，接受这效劳，我的民族会灭亡。因为，接受这热情，我的民族会窒息和消失。

因为我们的民族粗野，不文明，冷酷。

人人都对犹太人趋之若鹜。再过一百年，"一切都将掌握在犹太人手中"。

快到五十七岁时我才得到出版自由。出版自由的意思是：书售出后可以收回成本。《意大利印象》之前全都亏本，出书意味着破产。不用说，那时我是既没有"写作自由"，也没有"精神自由"，什么自由也没有。

但现在不同了，我可以自由地挥舞拳头。我的书——不知通过什么人，什么途径——几百本的印数一出版即告售罄，而且两年内（印刷厂的结算期限，根据条件）可以收回一切。

如今我再也不需要"读者"了，再也不需要听别人的"意见"

了。我愿意出版什么就出版什么——我的灵魂是自由的。

吸烟时

没有肉体的快感便没有精神的和谐。肉体是精神的源头,是精神的根本。而精神是肉体的气味。

不过,毫无疑问,西欧派比斯拉夫派靴子缝得好。对车工和木工,他们更在行。

任何一个普希金都不能否定"靴子"。亚历山大·谢尔盖耶维奇本人也穿靴子,而且喜欢穿好靴子。西欧派会给他缝的。会给这位爱好打牌爱好一切的"游手好闲者"雪中送炭的。还会拿走一点儿东西,作为那笔数目不大的诚实的提成的抵押。

作为精神,西欧派理论形同虚设。它没有内容。

但不能忘记实践,不能忘记实际操作,不能忘记生活中的犹太性格和"美国主义",这些东西差不多应该全部送给西欧派,因为在俄罗斯只有他们精通此道。还有宪法,还有靴子。将建立"储蓄贷款银行"和第一家"俄罗斯银行"的并不是斯拉夫派。而银行也是需要的。

12月13日

全然不是大学,而是善良的没有文化的奶娘培养了一个真正的俄罗斯人。

一切"官方的"东西只是徒有其表。灾难不在于俄罗斯地位"显赫",而在于这"显赫"是空的。

俄罗斯是一系列的空。

政府是空的——空在思想,空在信念。但不要高兴得太早——大学也是空的。

社会是空的。虚无缥缈。

犹如一棵老橡树：有皮，有枝，但内里是空的，空空的。

外族人，乃至外国人，正是钻的这个空子，乘虚而入。问题不在于有没有能力抵抗，而在于有没有进行抵抗。

教会不但是俄国文化的根本——从加拉霍夫编的文选可见一斑——而且是文化的顶峰。这一点霍米亚科夫（还有吉列耶夫斯基兄弟）意识到了，如今弗罗伦斯基和茨维特科夫正在谈论之。

勒齐也是。

不过，在加拉霍夫[1]编的文选中霍米亚科夫[2]，吉列耶夫斯基兄弟[3]，奥陀耶夫斯基[4]是何许人，甚至连提也未提。他们的名气要比费奥凡·普罗科波维奇[5]和梅列季·斯莫特利茨基[6]小得多。更不用说同康捷米尔公爵和罗蒙诺索夫相比了。

"因为他们没写诗歌和讽刺作品。"

说真的，加拉霍夫编的《文选》就像冯维辛的《旅长》中的那个混蛋写的。我们的整个教育部也是"出自某个弗拉尔曼[7]之手"。

迫使国人对整个中学和大学教育避而远之的那种神秘的本能多么容易理解啊。他们很少或根本不进中学和大学的门。

这的确是一种虚无主义，是对俄罗斯的否定和嘲笑。

多好啊，我睡过了大学。在课堂上挖鼻孔，而在考试时"打小抄"。见鬼去吧！

---

1 加拉霍夫（1807—1892），文学史家，作家。
2 霍米亚科夫（1804—1860），宗教哲学家，作家，政论家。
3 吉列耶夫斯基兄弟，兄伊万为宗教哲学家，文艺批评家，政论家；弟彼得为民俗学家，古文献专家，政论家。
4 奥陀耶夫斯基（1803—1869），作家，诗人。
5 普罗科波维奇（1681—1736），国务活动家，作家。
6 斯莫特利茨基（约1572—1630），白俄罗斯和乌克兰作家。
7 冯维辛《纨绔子弟》中的教师。

我敬仰布斯拉耶夫和季霍恩拉沃夫的圣名。这不是教授的陈词滥调，而是"自己的我"。

我尊重格里叶[1]、斯托洛仁科[2]和科尔什[3]。再想不起谁了。剩下的只是些又脏又破的礼服。

穿黑色燕尾服、打蝴蝶结的巴·加·维诺格拉多夫[4]很讨人喜欢，他就像是去参加舞会，且舞会的中心人物就是他自己。"因为牛津已向他发出邀请。"

可怜的被外国人邀请去跳舞的莫斯科小姐。

俄罗斯说客到处游说。"俄罗斯说客"是一股尚未被政论家们注意到的力量。但又是国家历史中的主要力量。

你奈何不了他，谁也奈何不了。他会发动革命，筹划反叛。他会召集工人，把立宪党人派进第一届杜马。俄罗斯突然变成非教会的，非沙皇的，非农民的，非酒徒的，亦非豪放的俄罗斯，戴上一副白手套，腋下夹着一本《欧洲信使》。这异乎寻常的奇迹，差不多是宇宙性的奇迹，全是那个俄罗斯说客所为。

罗斯是沉默寡言的，生性腼腆的，几乎不会讲话，这便给俄罗斯说客提供了用武之地，使他通行无阻。

梅列日科夫斯基尽管面孔和蔼可亲，却不曾是一个聪明人；确实不聪明，"笨手笨脚"。

不知为什么，跟他握手时我总是保持一定距离。多年以来，我很少从谁那儿见到过这样难以言喻的友谊（对我而言），似乎，具

---

1 格里叶（1837—1919），俄国历史学家，院士。
2 斯托洛仁科（1836—1906），文学史家，教授。
3 科尔什（1843—1915），院士，语文学家。
4 维诺格拉多夫（1854—1925），历史学家，院士。

有爱的性质。愿上帝原谅他的罪过，也愿上帝原谅我的罪过（反对他）。这些罪过确实存在。他是我无法说清为什么不能喜欢的少数几个人之一。他身上有很多忧伤，但令人惊异的是，他的忧伤是冰冷的。忧伤就其本质而言都是温暖的，但在梅列日科夫斯基那里，它却背叛了自己的本质。

我想，在俄罗斯写作的作家（不能说是"俄罗斯作家"）当中，很少有人在心中，埋藏了这么多的忧伤。

廉价的书不是文化。书应该是昂贵的。书不是伏特加。书应该避开每一个对其价钱皱眉头的人。"走开"，它应该对他说，同时，朝角落里的报摊点点头，补充道："去买报纸吧。"

书应该是高傲的，独立的，自由的。为此，它首先应该是昂贵的。
早晨读报时

国家会让对之不恭对之不爱者粉身碎骨。

国家就是力量。这是它主要的特征。

因此，国家唯一的罪过就是它的软弱无能。"软弱的国家"——自相矛盾。所以，"软弱的国家"已经不是国家，而只是——名存实亡。
倚在纳杰日津街一幢房子的墙上

大地的各种声音渐渐喑哑下来……

用不着了。

只有一个微弱和颤抖的声音将永远拌和着我的眼泪。当它也止息时，我愿自己成为瞎子和聋子。
深夜在别墅和永远

落叶　第二筐

只有这样的知识才是宝贵的：它如一根锋利的钢针刺透灵魂，留下印迹。萎靡不振的知识——没有价值。

胀鼓鼓的眼睛，老是舔嘴唇——这就是我。
不雅观吗？
为之奈何。

……有时觉得，文学，文学本身，正在我身上发生分解。而且有可能，这就是我的世界抱负。这既是我的（特殊的）道德，又是我的反道德。总之，是我的缺陷和品质。否则不可思议。我将最微不足道的，昙花一现的东西，将微妙的心灵波动，将日常生活的蛛丝，带进了文学。但无论如何不能想象，这一切之所以成为可能就因为"我想要这样"。实际上要比这深刻得多，好得多，不过也可怕得多（对我而言令人感到可怕和伤心之至。当然，还不曾有过这样的先例，要在宇宙中重现这样的情景也是匪夷所思，我不可能在同一瞬间，在泪水横流和心痛欲裂的时候，再一次以准确无误的耳朵谛听到它们文学般的流淌，音乐般的流淌，"哪怕是记录下来"：须知我正是因此才采用了记录的方式（《隐居》——火车站上的小姑娘，风扇）。这是么耸人听闻，恐怕连尼禄也会自叹不如；并且，这是可以谅解的，只因为天意如此。真的是可以谅解的吗？……让我们先放弃罪过这个话题；如此，则在我身上分明表现了文学的终结，文学性的终结，文学本质——一种对反映和表达的需求——的终结。此外还有什么可表达的呢？蛛丝，呼吸，最后的可以捕捉的东西。啊，还可以想象和编造，但文学的本质并不在于虚构，而在于内心对说话的需求。我就是从这一点出发的，并且做到了。我时常有种奇怪的感觉，我是最后一位作家，文学将同我一起走向终结，除了那些很快也将完蛋的破烂货。人们将开始单纯的生活，把文学视为可笑的，无用的，讨厌的活动。或许，正是因此我才意识到某种"最后的不幸"，且这种不幸又是同"我"联系在一起。这最后的悲剧使这个"我"显得恐怖，可恶，高大，悲壮，因为古老而庞大的文学的"我"在这个"我"身上辩证地"溶解和消失了"。

——呸，坏蛋！销声匿迹吧！

我经常有这样的感觉。带着这样的感觉生活，多么痛苦啊。

排队忏悔时，第一中学

有的人天生"和谐"，有的人天生"不和谐"。

我天生"不和谐"，正因如此我才有了这么奇特的，带刺的，却又相当引人入胜的生平。

生来"不和谐"者，永远感到自己"如同外人"。我就是这样。

与我恰好相反的是孩子的外婆（阿·阿·鲁德涅娃）。还有她高尚的一生。这才是生来"和谐"的人。无论生活多么贫困，地位多么低下，她都不断地释放出光明。还有好处。而我，我想，没给人带来任何"好处"。我尽给人"添乱子"。

我可以让世界充满红色的烟雾……但我不想。

且一切会燃烧起来……但我不想。

就让我小小的坟茔寂然无声，退避一旁吧。

《月光下的人们》，1912年3月22日

"你毁坏他的脸皮，"——上帝引诱撒旦去碰约伯。

这"脸皮"人人皆有，但每人都不一样。那些特别宽宏大量并时刻准备为别人（人类）作出牺牲的作家，请你试试看，碰一碰他们的著作权，对他们说："你写得不好，先生，读起来索然无味。"他们不剥掉你的脸皮才怪呢。慈善家们似乎很不喜欢"算钱"。至于"神职人员",那当然是"无懈可击"。但你若从旁边用"棒槌"、"十字架或教士的法冠"碰一下他的卢布和奖金——节日来临之际,他准会把你骂得狗血喷头,好像俄罗斯人从来不曾在符拉基米尔时代接受过洗礼似的。

收到阿尔波夫[1]神父的信后

喂,瓦西里·瓦西里耶维奇,你的"脸皮"在哪里?

一时想不起来,但毫无疑问——我有。

令人惊讶的是,"朋友"[2]和乌斯金斯基[3]没有"脸皮"。"朋友"没有,乌斯金斯基似乎没有。我从未见过"朋友"感到屈辱并恶语相向(问题全在这里,连撒旦也说过)。令人惊叹的是,她身上有一种彻底的,平静的,无言的高傲。她从来不放任自己对别人以牙还牙(问题就在这里)。人家挤她,她就躲闪;人家下流地盯着她,她就避开。她从不跟人家争吵,总是给人家让路,给人家行方便。然而,令人叫绝的是,她给人家让路时,始终像个女皇,而那些"当仁不让"者,此时此刻看上去也"不过如此",全无君子风度。是谁教的?

天生的。

言谈举止的美永远是天生的。是教不会学不会的。"一举手,一投足,无不表现心灵的美丑。"可惜,我的举止太丑陋了。

我为什么要出版《隐居》?

需要。

---

1 阿尔波夫,约翰·费奥多罗维奇,生卒年月已不可考,神父,罗扎诺夫曾与之论战。
2 罗扎诺夫对第二个妻子(事实婚姻,未经教会许可)的称呼。
3 乌斯金斯基,亚历山大·彼得罗维奇(1854—1922),诺夫戈罗德神父。

还有一些次要的原因（主要和明确的是跟"朋友"的结合）。但凌驾于这之上的还是那个自发的，不可抗拒的原因：

需要。

仿佛是鬼使神差，我几乎是不由自主地开始为稿纸编号，然后送到印刷厂。

不错，"自以为是"：可这要付出怎样的代价啊！

由此可见，《隐居》乃是一种尝试，一种从可怕的"幕后"走出来的尝试。实际上，并非我不愿意从幕后走出来，而是我无法从幕后走出来。

这不是一堵物质的墙，而是一堵精神的墙——啊，它比物质的墙不知要可怕多少倍。

由此可见，这里还有我对"朋友"的眷恋，或者确切地说，是神秘的依赖。我在她一个人身上寻找我需要的东西……于是，"墙"的本质即在于"我不被需要"——我不需要……这个"不需要"是那么恐怖，那么令人伤心，令人痛心，这是一种神秘的形而上的空虚，犹如二氧化碳，使人窒息，无法生存。

然而，我的"呼吸"还在。"朋友"给了我呼吸的可能性。而《隐居》就是我加强呼吸，投向我所深爱和挚爱的人们的一次努力。

我在爱，而不是感受。我在捕捉，但捕捉的是空气。我似乎想要说一句话，可空气不传递声音。

要知道，我从来不会替读者着想（亦即未接受斯特拉霍夫的劝告）。我知道，他们在读我的书，但又好像没读，这"没读"，"没一个人读"比起很多人在读，更可信，更实在。

赶紧拿去出版。数钱。就是说，我知道，"有人读"。不过且慢:有什么东西在眼前,在思索前发生了改变,于是乎"有人读"成了——"没人读","什么都没有"。

好像我的眼睛(精神)跟桌面处于同一水平。且桌子是一张薄纸。抖动一下,桌面开启,于是我发现,桌子下面与桌子上面的东西全然不同。我眯缝起眼睛,仔细察看。"桌子上面"是我的生命,"有人读",就是说,"我要忙碌了";"桌子下面"则什么也没有,或者说,完全是另外一番景象。

爱意味着"没有你我不行","没有你我难受","没有你我寂寞"。

这是外在的描写,但也是最精确的。

爱绝不是火(像人们比喻的那样),爱是空气。没有它,就没有呼吸;而有了它,"呼吸顺畅"。

就是这样。

伊兹麦洛夫[1](批评家)不相信我"没读过谢德林"。我们这个圈子中的人认为,读谢德林是对自己的智慧不敬。

跟斯特拉霍夫相交六年,从来没听到一次他提谢德林的名字。这并非出于仇视。不过的确——"就是想不到他。"

勒齐,弗罗伦斯基和拉钦斯基也是:从未听他们提起过谢德林。

尽管大家都清楚他的实质,然而:

"我们毕竟念过大学。"

1912年5月

---

[1] 伊兹麦洛夫,亚历山大·阿列克谢耶维奇(1873—1921),作家,批评家。

只有当书被体验的时候,阅读才给人带来满足。为消遣而读书是不值得的。甚至为"有用"而读书也未必值得。靠两条腿能得到更多的"实惠"——只要活着,工作。

我体验过列昂季耶夫[1],部分地体验过塔尔姆德[2]现已开始体验梅特林克[3]:八页,我读了一个星期,几乎每读完八行就要陷入一次长达一小时的沉思(在有轨马车上读的),这是一种绝妙的体验,但由于吃力,我最后只好放弃。

为何要读"其他的"——我不知道。没有一点新鲜和惊人之处。

普希金……我是在"吃"他。已经熟知他作品的每一页,每一个场景,还是要反复阅读,而且百读不厌。这是"食物"。它已进入我的体内,在我的血液中流淌,使大脑变得清新,使灵魂变得纯净。

当喧闹的白昼为凡人而沉寂。

跟第五十首赞美诗("饶恕我吧,上帝")毫无二致。它是那么伟大,那么振聋发聩,那么富于宗教色彩。这就是真理。

性格懦弱是导致虚伪的最主要原因。虚伪(身不由己的)首先是因为害怕得罪别人。

这就是上帝不拘礼节的原因。我们全都彼此客套,也全都互相欺骗。

鉴定古币时

---

[1] 列昂季耶夫,康斯坦丁·尼古拉耶维奇(1831—1891),作家,批评家。
[2] 塔尔姆德,形成于公元前4世纪—公元5世纪的犹太教义,宗教伦理和律法集等。
[3] 梅特林克(1862—1949),比利时作家。

我为何总是攻击温格洛夫[1]和卡列耶夫[2]?这简直是小题大作……

不用说,这里毫无"美德"可言。

他的著作让人肃然起敬。至于他毕生研究普希金,简直令人感动。在私人交往中,他给人的印象可以说是愉快的。但一看见他的肚子,我就不由得火冒三丈,对他进行口诛笔伐。

我的文学生涯中,大动肝火的时候颇多。且一切都是徒劳的。为什么我不喜欢温格洛夫?说来奇怪,就因为他又黑又胖(像个大腹便便的蟑螂)。

苦闷的人是天然的基督徒。幸福的人是天然的多神教徒。这两个范畴似乎是尽人皆知的,也是极为原始的。它们不是从外部强加给我们,它们来自我们的内心。它们是处于不同状态中的我们自己。

左手健康,于是"祈求古代的神灵";右手生病,于是寻找上帝。

我们要对古代的神灵哭吗?"实证的神灵",充满儿戏与虚构。可突然"脊背疼痛",便顾不上虚构了,只能喊"救救我吧!帮帮我吧!"朱比特无论如何不会说:"帮帮我吧!"当人类遭遇巨大的苦闷之时:"帮帮我吧!"基督显灵了。

在人类的痛苦"帮帮我吧!救救我吧!"之中有着某种更为重要,更为阴暗,更为深刻,或许还是更为可怕和凶险的东西,但痛苦要比一切快乐更为深刻,这是无疑的。无论诞生的秘密多么伟大,

---

[1] 温格洛夫,谢苗·阿法那西耶维奇(1855—1920),文学史家,文献学家。
[2] 卡列耶夫,尼古拉·伊万诺维奇(1850—1931),历史学家。

多么令人欣喜和兴奋，但假如我看到一个人得了癌症，而旁边是一个满怀希望，正在喂养孩子的"幸福的母亲"，我会奔向那个病人。不，相反：得癌症的是一个老头，或者更糟糕些——得癌症的是一个老太太，而旁边是一个临产的妇女。假定突然需要作出选择：要么妇女不分娩，让老太太痊愈；要么妇女分娩，让老太太死去。这时，全人类的情感肯定会呐喊道：宁可迟一些分娩，也要让老太太痊愈。

这就是基督教的胜利。这恰好是对实证主义的胜利。整个古希腊世界，虽然极其美妙，但毕竟是实证的。然而疾病向实证主义发起冲击，使它遭到灭顶之灾："我要奇迹，上帝啊，给我奇迹！"这种冲击就是基督。

他哭了。

于是只有通过泪水人们才能看见他。谁从来不会哭，谁就永远看不见基督。而谁会哭，谁就必定能看见基督。

基督是人类的眼泪。这眼泪化作一个惊人的故事，一个惊人的事件。

谁能领悟眼泪的秘密？有的人即使大难临头也不掉泪。有的人稍遇不幸便会哭泣。女人的心整个浸在泪水中。这究竟是什么，眼泪的世界？这世界部分来自女人，部分来自痛苦。是的，这个范畴是永恒的。基督教也是永恒的。

基督教比多神教更温柔，更细腻，更深沉。所有繁殖力旺盛的"亚伯拉罕"加起来也抵不上一个会哭的女人。这就是交替生育的拉希利伊与利伊的区别。有一种心灵的壮丽，它能铸就一切，铸就未来，"出生"，世界的本来面目。有一种心灵的"美"，它能使我们在它面前驻足，并说："我们不需要更多，不需要更好，因为我们已经拥有最好的，不可能再有更好的了。"这是完结，是句号，生育活动不再继续。

我记得这样的狂喜，我无法忘怀。

我有过非常幸福的时光（二十年），便不由自主地皈依了多神教。幸福的人自然要成为多神教徒，就像太阳自然要发光，植物自然要变绿，孩子自然是傻乎乎的，可爱的。

但他注定会长大。我长大了。

我会不会重新信仰多神教呢？假如我能彻底复原，并能永远健康，我会的。不正是因为我们有生老病死，我们才需要基督？也就是说，不正是因为我们有生老病死，基督才出现在我们面前，好让人们与基督同在？

这些概念可怕地纠缠在一起。世界多么迷乱啊。这是一口深不可测的井。

深　夜

勒齐经常出语惊人。有一次，我和达尼雅去他家。他穿着皮鞋和"敞胸的女短上衣"出来开门。这是一套新居。我四下打量着，跟他寒暄。他说：

——"您真年轻！您变年轻了，面孔也比从前好——前所未有的好。"

我五十七岁。

——"现在您是处于焦点上，这是一个信号，说明您还能活很久。"他用手指做了个动作，好像是拍照，但又不是拍照（那会很冒失）。

——"面孔和生命跟'焦点'有何关系？"我莫名其妙，却又感觉到了什么，就问。

他喜爱伦勃朗，也曾推崇马济尼，对其生平了如指掌。

——"有关系。我见过许多伦勃朗的'自画像'，也见过不少马济尼的照片。当我反复观察，对比，我觉得：'不，不……这还不是马济尼'，或者说，'这已经不是马济尼'……'不是那个我们在大剧院（莫斯科）屏住呼吸以整个身心谛听的马济尼，不是整个欧洲都在追随的马济尼。'终于，我找到了一张（他说了是哪一年的）：'看哪，只有一张照片才是真正的马济尼，尽管他的照片很多。伦勃朗的自画像也一样，只有一张。还有俾斯麦：毫无疑问，只是在其生命的一个瞬间，一个时期，他才拥有自己的真正面孔——这便是他大权在握，呼风唤雨，八面威风时的那张面孔，而不是他老态龙钟，像一只羸弱的猫，徒有虎气，没有虎威时的那张面孔。'"

我听着，感到惊奇。

他谈了他的想法，同时我也猜到了：一个人的生平和他的面孔——他的躯体和他的精神——是有焦点的。到达这个焦点之前，一切都在扩大和成长，超过这个焦点以后，一切便会缩小和死亡。这个焦点如果是在一个人的青年时期到来，他的寿命就不会很长；如果是在一个人四十岁的时候到来，他的寿命将是正常的；如果再晚一些，甚至在五十岁以后到来，他就注定会长寿。"生命有升有落"，自然也就有高潮和顶点。但这不能一概而论。生命是通过人的一系列变化着的面孔得到表现的，在这些变化着的面孔中，只有一个可以说，他是在此时此地"达到了自我"。

多么惊人啊！见所未见，闻所未闻。不用说，这是一种境界，是对事物出神入化般的认识。

> 这里有家神，这里有林妖，
> 美人鱼坐在树枝上。
> ……一只博学多识的猫
> 为我们把童话故事讲。

头发灰白，其貌不扬——唉！——早已过了焦点的勒齐，对我来说，就是那只充满智慧的"猫"。

正因如此我爱他。
这是1911或1910年的事

要想停止相信现实，读果戈理。

从他身上倾泻出来的艺术之光，淹没了一切。你失去了知觉，视觉，只好乖乖地相信他。
喝晚茶时

谢德林在果戈理身边一站，活像亚历山大大帝身边的马夫。

果戈理就是亚历山大大帝，他征服的地域同后者一样辽阔。

还要加上"重新发现的国家"。甚至包括"印度"。
喝晚茶时

世界上没有一个政治家也没有一个政治作家能像果戈理那样，在"政治方面"这么多产。
喝茶时

戈耶[1]谈论叶甫盖尼·伊万诺夫[2]时说："这个人才是天然的大学教授。多少新思想啊、多少出人意料、振聋发聩的发现、观察和思考啊。"

当有人问杰里亚诺夫[3]，为什么符·索洛维约夫[4]不是教授时，他答道：

"他有思想。"

---

1 戈耶，尼古拉·尼古拉耶维奇（1831—1894），画家。
2 叶·伊万诺夫（1884—？），考古学家，记者。
3 杰里亚诺夫，伊万·达维多维奇（1818—1897），俄国教育部长。
4 符·索洛维约夫（1853—1900），哲学家，诗人。

这位自己也不乏思想和机智的老头,并不认为他留在教研室是必要的。但更让人震惊的是,所有的教授都在千方百计地排斥有思想,有创造,有想象力,有悟性的人,不让他们进入自己的圈子。

伊万诺夫也好,施佩尔克[1]也罢,他们甚至不能念完俄国的大学。

教授应该是"饶舌者"。这才是教授的风格。总有一天,公众会开口说:

"作个聪明人是与教授不相称的。他会成为开屏的孔雀中间的一只乌鸦。"

我的文学活动带来的最大好处便是——解决了十个人的吃饭问题。这是明确无误和坚定不移的。

而思想呢?

思想为何物?

思想是形形色色的。

火车上

永恒的婚姻的童年——这就是我要倡导的东西。夫妻应该是孩子,应该是小狗儿。他们应该几乎是舔舐爸爸和妈妈。人人都有责任喂养他们,关心他们,爱护他们。他们呢,只须是幸福的,并为一个好社会生好孩子。在将来世纪,新婚第一年不应住在家里,而应住在黄金做成的篮子里。

在马车上。苏沃林葬礼。阳光明媚的早晨

所有的作家都是奴隶。自己读者的奴隶。

---

[1] 施佩尔克,费奥多尔·爱德华多维奇(1870—1897),哲学家,罗扎诺夫的朋友。

无论他是什么人,都脱离不了奴隶的本质。

这是靡菲斯特—古滕贝格做的好事。黑色的记忆。

早晨8点,进城时

谁不曾有过痛苦的经历,谁就对宗教一无所知。

我曾在弗罗伦斯基[1]那里听到过一个惊人的观点(1911年冬,12月):"他们在教会之外寻找基督","他们想在教会之外找到基督",可我们不知道教会之外的基督。教会之外——"没有基督"。"教会给人类的正是基督。"

他说这话时声音有些短促,但效果却更好。他的意思大体上好像是教会诞生了基督,既然如此,怎能既爱基督,又放肆地攻击教会呢?

他是这个意思,不过他表达得更好。

这段话的新鲜独到令我折服。如今到处都在鼓吹把基督同教会分开,说什么只要基督,不要教会。弗罗伦斯基的见解,无疑是给自由主义基督教的当头一棒。

的确。见微知著。"好书就该有好包装":为了将福音书放进半普特重的,金银铸成的封面里,教会要对这本书有多少体会啊。这是小事,但含义深刻。所有的"异教徒"每星期只读一次福音书,还是在他们心血来潮的时候。而教会在成立一千八百年之后,依旧不分白天黑夜,每日必读,否则便是"失职"。

---

[1] 弗罗伦斯基,巴维尔·亚历山大罗维奇(1882—1937),哲学家,学者,罗扎诺夫的朋友。

教会用大写的字母写就了福音书。教会用珍贵的宝石装饰了福音书。

的确,正是教会把基督的名字传播到世界的每个角落,把基督敬若神明,坚定不移,甚至不惜清除那些对他动摇者,怀疑者,冒犯者。

显而易见,教会对神明基督的虔诚是多么持之以恒,所有异教徒,当然还有自由主义基督徒对基督的信仰是多么缺乏毅力。的确,教会有理由说:"福音书有可能会像读者手中维吉尔的《埃涅阿斯记》一样,成为一本值得敬仰的书,却不是一本能够产生效用的书,说不准还会遗失和失传。须知屠格涅夫一生中从未读过福音书。他没读过,就有可能一代人没读过,最后还有可能导致下一代彻底忘记福音书,使之失传。是我们为人类拯救了福音书,而你们现在却要从我们手中抢走它,还放肆地撇开教会侈谈基督。我们把它交给人类;至于那些饥寒交迫者,那些受苦受难者今天是否需要它,明天是否需要它——这已经跟你们毫无关系。"

精辟。这么平常,却又这么新鲜。毫无疑问,仅凭为人类保存了福音书这一点而言,教会不仅高于"当代",也高于为人类拯救了维吉尔与荷马的整个文艺复兴的黄金时代。

有些人胆小到了极点。他们甚至不敢从自己坐的椅子上下来。米哈依洛夫斯基[1]就是这样。

  回味他的一篇同斯洛尼姆斯基[2]争鸣的文章的奇特标题《梦是可怕的(!!!),上帝是仁慈的》时

---

[1] 米哈依洛夫斯基,尼古拉·康斯坦丁诺维奇(1842—1902),民粹派,政论家,批评家。
[2] 斯洛尼姆斯基(1850—1918),政论家,《欧洲导报》编辑。

米哈依洛夫斯基是个胆小的人。这一点谁也没想到。他给人的个人印象也是如此（作过关于谢德林的报告，急急忙忙，左顾右盼，好像有人要抓他）。

我们在文章里表达的全是主观的信念。但用的是概括和命令的口吻。既然达尔文"主观上感觉"自己是猩猩变来的——他就是这样写的——我们又为之奈何。

我是在法兰克福的动物园里，第一次看到猩猩的。着实吃了一惊。它能帮助饲养员收拾餐桌（早饭），打扫残渣，铺桌布。简直跟人没什么两样！

我惊讶得说不出话来。

达尔文甚至有幸脱胎于如此聪明的猴子。他完全有可能脱胎于比这更低贱，更实证的物种。

清　晨

技术进步是不可或缺的，但对灵魂却全然不是如此。

"完善的武器"，有绿条的皮靴，不冒烟的火炉是需要的。

但技术进步不会使灵魂健康成长，反而会使灵魂萎缩变形。

这就好比那个"火炉"，没有它，生活不便，有了它，我们又不得不经常为之付出灵魂萎缩甚至灵魂毁灭的代价。

于是，"主张进步的人"与"家庭系统的人"之间的斗争便十分经常地成为一种为灵魂或者为"午饭能吃上花菜"而进行的斗争，不用说，取胜的是"花菜"。

早晨洗脸时

不是所有的思想都能记录下来的，除非它具有音乐性。

《隐居》是空前绝后的。

每个感官中,除了它的"我知道"(看见,听见,嗅到,触到)以外,还有"我想要"。器官其实不仅仅是感觉的器官,也是欲望的器官。每个器官中都有对世界的渴望;人通过器官不但与世界发生联系,还可以通过感官进入(钻入)世界,与之结缘。人通过感官"吞食世界",一如通过感官——"世界吞食人"。之所以发生这种吞食,是因为二者都能庄严地进入对方……

人能进入世界。

世界也能进入人。

这"门"就是视觉,味觉,嗅觉,触觉,听觉。

写在文稿的背面

关于贞节,我听过苏沃林[1]和卡尔塔绍夫[2]的高见。

苏沃林有一次说:

——不,我发现,一旦姑娘失去贞节(在未婚情况下),她就等于失去了一切。她会变坏。

当然,他绝对不是在做通常的道德评判,他是在陈述他观察到的东西——"一般会怎样","会发生什么事","会导致什么后果"。

卡尔塔绍夫的一番话是在我向他们谈起两位一直守身如玉的小姐时说的:

——要知道,她们永远不会嫁人。搞不清楚她们,或者说,她

---

[1] 苏沃林,阿·谢(1834—1912),出版家,记者。
[2] 卡尔塔绍夫,安·符(1875—1960),宗教史家,宗教—哲学协会主席。

们这类女人，究竟为什么不肯放弃自己的贞节，把它送给随便什么人。谁得到不是一样呢？

我对此产生了哲学上的困惑。

他回答：

——她们（他好像在考虑如何归纳，竟一时语塞）从自己的贞节中获得滋养。不错，她们的贞节是完好的，似乎，还将保持完好。但要说她们不需要它，那也不切合实际。她们不但需要它，还缺它不可。她们靠它活着，靠保持它的完好活着。这是财富，取之不竭，用之不尽，使她们获得保障。保障什么？保障她们的灵魂，她们的才华（这两位女性很有才华），她们的宁静和新鲜。

——有贞节在，她们便可尽管工作，举办画展（她们是画家），与人交往，结交朋友，读书，思考。

——失去贞节，一切都完了。因此，尽管她们立志保持贞节，不让任何男人占有它，但这并不等于她们的贞节形同虚设，是一种对世界而言并不存在的东西。对世界来说，它是不存在的，一如她们的才华。但作为肉体的一种不可侵犯性和完整性，对世界来说，对她们自己来说，它是存在的。

深刻极了。几个月以前我问过这两位姑娘中的一位，假如有个男子因"饥饿"而拿走了她身上多余的东西（我觉得是这样），她会怎么办。

——我会把他押送到西伯利亚。她果断而又坚定地回答。

——你就不会网开一面？

——不会。

——可你并不需要它呀？

她不吭声了。

卡尔塔绍夫的分析可以说是用言语补充了她的沉默。她还没来得及理出个所以然来，却会凭感觉行事（"我要审判他"），这种感觉是无法战胜的，里面有真理。

那些强奸犯之所以被判处重刑，原因概出于此。

"除非出嫁，性交即意味着毁灭。它对社会无害，但会损害主体，当事人。"

于是乎当然要动用极刑！要以杀人罪或准杀人罪论处！除非那些说来话长的特别情况：不过，在我们的文明里，万不可掉以轻心的，恰好就是这些"除非"。

"您给自己的书定价太高。"我这是有意的：书不是便宜货，不是奢侈品，不是对"瘫倒的人"极具诱惑力的汤水。书不是马戏团的少女，以廉价招徕看客。

书应该受到尊重。这尊重的第一个表示便是——情愿为之付出代价。

然后，你也许会说：我的书是良药，而药的价钱总是高于伏特加。药的制作要复杂得多，药的成分（灵魂，大脑）要贵重得多。

在林中散步时

对那些学者，应该揪他们的耳朵……他们中的智者会赞成这样做，至于其余的人，即使他们暴跳如雷，也大可不必在意。

在林中散步时

我们的批评之缺乏洞察力，令人吃惊……我心地善良，或者说，至少不是一个坏人。就连给我制造了无穷痛苦和屈辱的人——阿丰卡和捷尔提——我也并不记恨，只是觉得可笑，"我不希望这样。"我从未想过冤冤相报。斯特鲁威，是的，我很想揍他一顿，但是善意的。上帝啊，假如我真的"揍了"他，我肯定会放声大哭，并说："你加倍打我吧。"就是这样，我从来不曾有报复别人的念头。或许我仇恨过政府机关，国家，教会，但这都不是人，不是心。

就是这样，我的本质就是我的善良——最平常不过的，没有半点"虚与委蛇"。我从来不曾把他人的痛苦当作我的欢乐——问题就在这里，"恶魔性格"的本质就在这里。我身上没有一点恶魔的东西，我甚至不能想象别人有。我觉得，这一切都是杜撰的，主要是一些贵族杜撰的，比如拜伦，而且是由于年轻的缘故。"本来是关于家神的故事"，后来却被杜撰得煞有其事，引人入胜——成了"恶魔"。"忧郁的恶魔"，等等，等等，诸如此类。

然而，所有关于我的文章都是从这样的定义开始的："罗扎诺夫的恶魔性格"。他们搜肠刮肚，挖空心思，企图自圆其说。我读着，简直不知所云。"这不是我。"他们的印象与我本人如此风马牛不相及，以至让人莫名其妙，以至我的名字给人眼花缭乱的感觉。明明写的是奶牛，却说它会"跳跃"，甚至悄悄地"跳舞"，更不可思议的是，它还长着一对"獠牙"，"一到夜里两眼就冒绿光"。这太奇怪，太荒唐了。这种荒唐在梅列日科夫斯基[1]，沃尔日斯基[2]，扎克尔热夫斯基[3]，库克里亚尔斯基[4]写我的文章里俯拾皆是（只有楚科夫斯基[5]有那么八行字写得还算独特，还算确切：关于我的血压，体温，多变的心）。至于我跟尼采——毫无相似之处！跟列昂季耶夫——毫无相似之处。我只是喜欢他。但喜欢和相似——风马牛不相及。

我是一个最平常不过的人。请允许我介绍一下我的全名："舞文弄墨的六等文官瓦西里·瓦西里耶维奇·罗扎诺夫"。

---

1 梅列日科夫斯基（1866—1941），作家。
2 沃尔日斯基（1878—1940），批评家，文学史家。
3 扎克尔热夫斯基（1886—1916），批评家。
4 库克里亚尔斯基，生卒年月不详，记者。
5 楚科夫斯基（1882—1969），作家，文艺学家。

现在，我的这些文字……是的，我有过不少创见，称得上是发前人所未发，包括尼采和列昂季耶夫。就思想（观点，思想的肌理）的复杂性和数量而言，我认为我是首屈一指的。有时我觉得，我对历史理解得这么透彻，好像历史是握在我手里，好像历史是我创造的。我时常有这种亲缘感和彻悟感。但我之所以能到达这样的境界全是"状态"（"朋友"和我跟她的故事）使然，且只限于思想，而这——并非我自己。我是个善良的男孩：设若"思想"确实伟大，他便不难发现太阳，星星和整个世界的秘密，发现"苹果总是落在地上"（牛顿的发现），甚至最复杂最深奥的东西——第一声祷告。我就是这样一个"流着鼻涕的男孩发现了一切秘密的男孩。这是我的状态，但不是我。由此我认为自己是在上帝之中……我深信：上帝之所以引导我（就像牵着我的手）跟朋友相遇，目的就是要让我用善良和天真的眼光目睹"丑恶与毁灭之海"。这是人间智者无法见到的，是愚钝的神父们想象不到的，就连他们的"圣徒"，也想象不到，因为他们把一切都视为"经验"，"偶然"和"常规"，尽管这是实质，灵魂，是来源于事物的根本。人们啊，请听我说：对我们而言，什么最可信？不是别的，正是我们亲自见到的，听到的，触摸到的，嗅到的东西。一句话：我知道——这就够了。对小偷来说，他用螺丝刀能撬开锁；对经纪人来说，不能在交易所出错；对马克思来说，需要使工人强大起来，等等，诸如此类，都是明白无误的。任何一个人活在世上，获得的知识都是有限的。这知识是他的生命，经验，痛苦，嗅觉和视觉的结晶。对我来说（我了解我的内心）有一点是清楚的：在叶列茨，1886—1891年间，我要完了，我没用了，我终于变得凶恶（此时倒是有过"恶魔"的一面），我整个在毁灭，可能，我会玩物丧志，自暴自弃，在一个可怜的边远县城了此一生，只留下一本人人嘲笑的《论理解》。

那时，我过着被人抛弃，没人理睬的生活。而且，这并不是因为我的过错。我开始对人冷淡,甚至损害别人。

突然,在一个外人(同事)死去的时候,我碰到了眼泪……我惊讶不已……"何为眼泪?""我从来不哭。""我不明白,没有体会。"

怨恨,冷遇和"纸牌"使我整个变得麻木。

哭——在外人的灵柩旁——对我来说,就好比苹果之于牛顿。"啊,原来世上还有怜悯和眼泪。"——我惊喜万分(就像当初的牛顿),开始回味,倾听,观看。

同样是命运,同样是被抛弃,但对恶作出的反应却是内心的哭泣,没有指责,没有困惑,没有丝毫怨恨,也不轻易断定世界上有怨恨存在,这就是所谓的"恶魔性格","魔鬼性格"。

我伸出手,这只由于缺乏自信而很久没被人握过的手。要知道,我在6月里还穿着长长的雨靴,活像一个"稻草人"。而且很"尴尬"(因为当局的关系)。但我很快便不再犹豫:发生了(由于神经质)一件不幸的事情(几个月之后才知是错觉)——"雨靴"把我领进地狱,搞得我"好不尴尬"。但为"外人"流的眼泪帮了我的忙:就在"天似乎要塌下来"时,就在世界末日将至,靠近我即意味着自取灭亡时(特殊的个人秘密)——我这里讲的全是实话——我伸出手,并说"犹豫结束了"。光阴荏苒,突然,那些留大胡子的人说:

——站住!

我不理会,可那些大胡子中还有文化修养极高的人,比如拉钦斯基,他们也说:

——不行。

"怎么回事?"假如我是一个"穿裤子的男孩",我就不会有什么特别的发现。需要让幼稚的天性(我)不断地与事实碰撞,以便明白……"要知道,这是人为地让苹果下落,自然的情况应该是苹果留在空中,而既然苹果会从树枝上脱落,那它为何不是飞到天上,而是落到地上呢?这意味着,地球有一种吸引力。"我明白了(且我是第一个),问题不在于"横竖一样"的"大胡子",不在于虔诚善良的拉钦斯基,而在于拉钦斯基想要追究的东西,而"大胡子"就靠在"这堵围墙"上。某个遥远而又遥远的人,某个伟大而又伟大的事物需要……

——需要什么?

"你就跟从前一样玩纸牌吧——你早晚会毁灭,可毁灭的人还少吗?你的这位'朋友'(当时已经疾病缠身)也会毁灭……那又怎么样?这种事还不是司空见惯的,什么死亡啊,疾病啊,堕落啊,生活和内心空虚啊……这有什么了不起,有什么可大惊小怪的……"

可问题不在这里,而在于我怨恨别人,迁怒别人,忘记了上帝,不再需要别人……而如今,我完全是你们的了,戴着圣像,举着蜡烛,皈依基督教,皈依基督,皈依教会……我是你们的。

——你可不是"我们的",这样的人我们根本不需要,因为你们是合二为一的,连在一起的。只有你们分开,你们才能成为"我们的"。

——"分开"?就是,再一次怀恨别人,损害别人,信仰无神论……

——这已经是我们的事了,一切由我们负责。我们会为你的怨恨祈祷,驱除你的无神论,一切都会顺利和安静地过去。唉,即便是不损害别人的人,也未必个个信仰上帝。没关系。规矩会得到保留:如果你们分开后毁灭,那是因为不管是谁,总要有很多人不断地毁灭。没什么稀奇的,甚至,请原谅,也没什么意思。

当然,太固执难免吃亏,说不准还会干出蠢事,却不会有任何发现。然而我生性温和,一如我的天真或"本色"到了如此程度,以至我连续数年一无所获……好像经过好多年我才作出"牛顿的发现":由于那个原因,"苹果很简单地落在地上"。

有一次我领着三岁的达尼雅站在魏金斯基教堂里。

没有人做礼拜,而教堂的门是永远开着的。这是在彼得堡,在老城区。这安静——很特别,一个人——很特别。我就喜欢领着达尼雅进教堂,她是那么清瘦,那么妩媚,我们一直为她的脑膜炎担心,怕她跟第一个孩子一样,"活不下来"。多么安静啊,一切是那么美妙……当突然间,不知何处来的水滴落入这世界,打破这安静,我好像听到一个声音在低语:

——你们在这里是外人。你们为何要来这里?要找谁?没有谁等待你们。不要以为你们作为"父女"一起来到这里,你们的行为就是正确的,"应该的"。你们是"捣乱分子",你们的"捣乱"正好导源于你们是"父女",而且如此放肆和大胆地"一起"来到教堂。

圣像似乎受到了侮辱,脸色突然变得阴沉,难看……这是被我们刺伤……圣像回到自己的"正确"中去,当我们"不正确"时。它们走了,跟我们远了……仿佛用手指着我们说:"这里没有你们的位置,这里属于别人,真正的人,你们应该去另一个地方,这地方在哪儿,我们无所谓。"

然而,我重复一遍,小偷是清楚用什么能撬开锁的,而作祷告并感到幸福的人,也清楚他是在祷告,并感到幸福,感到心情愉快,感到此时此刻,或许,就在一生的这个瞬间,他是个好人。

我还是坚持认为,问题在于温和二字,我曾是且始终是一个温和的人,内向的人,谦和的人。"跟大家一样"。

这声音是"突如其来的","意外的","不知来自何处",也有可能是我自己的,但却是第一次说出这样的想法,没有预告,没有准备。听到这个声音,我走出教堂。我突然觉得通体透亮,一种自豪感油然而生——我是胜利者。我战胜了谁也没能战胜的东西,甚至战胜了谁也没能战胜的人。

——我们走，达尼雅，离开这儿。

——该回家了吗？

——对，该回家了。

我们于是走了出去。这里的问题全在于屡试不爽的"万能钥匙"和"我所知道的温和"。

我好像把温和，把对上帝的祷告，把达尼雅都随身带了出来，且有什么东西在我身边这样翻转过来，以至我觉得：

——我这儿是温和，而你们——是墙。我这儿是祷告，而你们——还是墙。上帝和我在一起。宗教在我心中。在我的命运中。我的整个命运归结为这一个瞬间。要让神秘的和存在过的一切最终永远变成清晰的，可见的，可闻的，可感的。

——你们是残忍和傲慢的（我有"万能钥匙"），你们是冷酷的。你们心里没有上帝，你们也没有上帝，什么都没有，除了言语，许诺，希望，空虚和钟声。你们所有的人，连同你们全部工具和手段，财富和书籍，学识和智慧，以及你们所说的"神启的秘密"，创造不出一丁点儿生动的，现成的，真实的善来，如果它是永远崭新的，不是根据以往的样子复制的。你们"非不能也"——你们所有这些大胡子，或心地善良，或"横竖一样"——是什么东西拉你们后腿，使你们很容易制造新恶，就像彼得堡教区的神职人员，把不属于教区的东西也一扫而空，做出许多新的坏事，而你们做的好事——也是新的——是因为你们的手受到一种可怕的，不为你们所知的力量的驱使。这力量看不见，摸不着，既遥远，又无处不在，就像牛顿的引力。这是我的发现，这是人类认识世界的新纪元。一切都是崭新的，即使你开始数"第一年"，"第二年"。这，大概是在1896或1897年。

果戈理的性生活是个耐人寻味的谜。这个谜到底体现在哪里，决不像有些人设想的那样。他,毋庸置疑,"不了解女人",也就是说,他对女人缺乏生理上的兴趣。何以见得?写起死人他妙笔生花。"棺材里的美女(女巫)"——你现在已经看到了。"坟墓中爬出来的死人",这是布鲁尔巴什和卡捷林娜乘小船路过墓地时见到的——令人惊讶。女溺水者汉娜——也是。在他笔下,死者总是过着双重生活;在他笔下,死者"不死"。可令人惊奇是,他笔下的活人倒是更像死人。这是玩偶,概念,缺陷的比喻。相反,死者,如汉娜,女巫,都很美,很富个性和吸引力。这可是"索巴凯维支"。我想,果戈理的性生活之谜要到"美妙的安息世界"去探寻——借用福音书中的话:"何处有你的宝藏,何处就有你的灵魂。"令人惊讶的是,他描写的死者中,没有一个是男的,好像男人从来不会死。然而,他们当然是要死的,只是果戈理对他们不感兴趣罢了。他展出了整整一个房间的女死者——没有老太婆(一个也没有),个个年轻漂亮。给布鲁尔巴什发现了,准会说:"看见了吧,土耳其人,想要干什么。"他准会改变信仰。

不过,不知为什么,我无法想象果戈理"改变信仰"。去巴勒斯坦旅行——他会的,做一个伪君子——他会的。但不能改变信仰。那会非常可笑的。让果戈理划十字,等于让狗熊跳小步舞。

他也从来不描写动物,除了用犄角顶撞波兰人的公牛(在杜勃诺近郊)。他笔下的狗有无名字,我不知道。令人叫绝的是,他的道德理想——乌连卡——活像一个死女人。苍白,透明,几乎不会说话,只晓得哭。"她好像是被人从水里捞上来的",而她竟然复活了(为了满足果戈理)。不过,生命只表现为动人的眼泪,让人联想到她的溺水,她被救上岸时身上流下来的水滴。

深不可测的谜。

在花园里,肚子疼时

我是一个高尚的作家吗?

当然。假如没有这个自信,我恐怕一篇文章也写不出来(为钱会的),也就是说,写不出一篇"由衷"的东西。

那么谎言呢?淫秽呢("我鼓励")?不时的怨恨呢(大多是装的)?

如何相容?如何协调,妥协?

不知道。只是我心中有个信念:我这是高尚的。

为什么?根据何在?法庭不接受没有证据的东西"?对。——不过请问,究竟何为不高尚?

"阿谀逢迎"。

可我没讨好过任何人。

"溜须拍马。"

可我没吹捧过任何人。

"违背自己的信念写作。"

从来没有。

如果我写作是凭"心血来潮"("意淫"),那么,一旦我"心血来潮",我该怎么办呢?

你们总不会因为母牛"心血来潮",就把她拉出来绞死吧。这不合情理。

不是很不合情理,甚至完全合乎情理。"我不想说真话。"你们怎么这么傻,连真话和谎言都分辨不出来。我凭啥要替你们花费精力?

就连那明确的谎言我也一点儿不记得。

是的,我曾在同一天里,撰写两篇不同的文章,一边同情社会革命党人,一边拥护黑帮分子。而且我对这两派都信服。难道革命中就没有百分之一的真理?难道黑帮的反革命中就没有百分之一的真理?

可为何既给"右派"刊物撰文,又给"左派"刊物投稿?

因为我坚信:政府连想都不敢想,该听右派的言论呢,还是该听左派的。我的口号是:"假如我是个大人物,我会下令一切刊物,包括《政府通讯》在内:

——别把这些传单拿到我家里来。

我会将《俄罗斯之旗》和《极地之星》一视同仁。

我不需要这些传单。

怎么能靠"一百张报纸"来治理国家,而对一万万人("一无所有"的男人,女人,心地纯洁的学生)的呼声充耳不闻?

可惜,能听到的,只有"文人墨客"的呼声。

我要打一个喷嚏,让他们胃口顿消。

政府应该是绝对自由的。特别要避免舆论的左右。显而易见,它同时也要极其严格地要求自己。

不过——必须合乎自己的信仰和原则。

否则:

——巴扬[1]说。

——格利高里·斯皮里多诺夫[2]希望。

——安菲捷阿特洛夫[3]在维苏威火山底下抱怨。

请问,这有多么重要吗?既然他们有墨水,且他们又识文断字,怎么能让他们不抱怨,不希望,不说话呢?

我想,我自己也并不比他们好。

——全是胡说八道。

---

1 巴扬(1879—1920),作家,政论家。
2 见《隐居》注。
3 见《隐居》注。

这是谦虚。我这支"左右逢源"之笔(一贯是真诚的,就是说,每个思想观点中都有千分之一的真理)写出来的是最美的文字,是我最深刻的信念的标记:这都是胡言乱语,没人需要,政府(在我心里)已被严格禁止倾听这些言论。

还有一点狡猾或远见——也许这能解释清楚我认为自己身上有的那层伪装。我想讲个笑话来说明,就像有时我喜欢跟自己开玩笑一样。这个笑话确实在我头脑中闪现过:

——亨利四世和罗扎诺夫有何相似之处?

——一模一样。

亨利四世在同一天里,既做路德教的祷告,又做天主教的弥撒,对两个教派都信奉,都顶礼膜拜。可施罗塞尔,可车尔尼雪夫斯基,更不用说道布钦斯基－巴克尔,所有的化学家和博物学家,新历史的一切伟大人物——都异口同声地对亨利四世给予赞扬,称赞他为新的国家利益大胆牺牲过了时的宗教利益,从此"由感性时代进入理性时代"(德雷伯语)。好。全都赞成?

那么,你们也都应该向罗扎诺夫致敬,因为他,这么说吧,打破了各式各样的禽蛋——鸡蛋,鸭蛋,鹅蛋——立宪党人的,黑帮分子的,革命的——把它们放进一只锅里,以便再也分不出"左的"和"右的","黑的"和"白"——的在那个其实是虚假和讨厌的背景上……然后,他呐喊道:

——上帝和我在一起。

这样的事没人能做到。即便能做到,也只能是假装的和失败的。我的成功在于我确实不会区分"黑的"和"白的",这倒不是因为我愚蠢或幼稚,而是因为,在有"天使飞翔"的地方,确实看不见"何为喜马拉雅山,何为乌拉尔峰",哪里是"里海",哪里是"黑海"。

远方。无穷的远方。我早就说过,"我整个沉入理想。"任凭这理想,亦即幽灵,"化为乌有。"我无所谓。我既看得见党派,又看不见党派。我知道，它们既是假的，也是真的。"传单"。

"理性时代"（小市民道德）又一次转向英雄和神圣的"冲动时代"：在一个转弯处，魔鬼偷偷地抬出为王位而无耻践踏信仰的亨利四世。严厉的路德和伟大的格利高里一世在受苦受难，而在另一个转弯处，上帝派来一个人，他的心经受了那么多的考验，他的头脑那么善于分析（《论理解》），以至对他而言，"所有的政治真理都融会在一起，交织在一起，成为一个注定要被付之一炬——对此他一清二楚——的有机体"。

我们缺少民族理想。
于是，在一片不毛之地，生长出世界主义理想。
希腊人有民族理想。罗马人有过。犹太人有过。
法国人说"我的法兰西"，英国人说"老英吉利"，德国人说"我们的老弗里茨"。
只有念过俄国中学和大学的人才说——"该死的俄罗斯"。

任何一个俄国人，只要一满十六岁，便开始拉帮结党，立志"推翻国家制度"。这种事并不稀奇。
谢德林曾经对此予以嘲笑。"十六岁的小姑娘竟然筹划什么颠覆国家制度。嘻—嘻—嘻！哈——哈——哈！"
可要知道，彼罗夫斯卡雅[1]几乎才十六岁便指挥了3月1日。这位讽刺作家对此一清二楚。"读罢您关于祖国的文字，十岁的孩子学会了爬墙。"

我们说的"祖国"一词，总是跟"该死"一词连在一起。

---

[1] 彼罗夫斯卡雅，索·利（1853—1881），民粹派女革命家。

请看一看杂志的名称：《毒蜘蛛》，《黄蜂》。整整一个出版社——天蝎。还有一个中亚的昆虫（一本杂志）。《带刺的蔷薇》。

全都在"扎"俄罗斯。"只想把毒液注入她的体内"。

她变虚弱了。——还用得着大惊小怪吗？

这就是简单的"俄国虚无主义的历史"。

可怜的俄罗斯，德国人扎她，犹太人扎她，亚美尼亚人扎她，立陶宛人扎她。乌克兰人冷笑着，过来趁火打劫。

不可思议的是，在所有人中间，就连"俄罗斯人自己"也放肆地用脚上的皮靴，拼命践踏祖国——祖母的脸。

跟孩子下跳棋时

我曾在科斯特罗马中学念书。上一年级时，老师教我们：

"我是人，虽然我还小，但我有三十二颗牙齿，二十四根肋骨。"接着是脊椎骨。

只有上到六年级，我才有可能知道，历史上有过一个苏萨宁，在上学以前，我们还唱过（在家里和外边）关于他的歌：

……伸手不见五指呀！
……敌人鬼哭狼嚎呀。

死在波兰人手中的苏萨宁，让我的心久久不能平静。

但我没能读到六年级（指在科斯特罗马）。有很多学生连四年级都没念完：他们全都知道，人有三十二块脊椎骨，却不知道，苏萨宁怎样拯救了皇室。

后来我又到了辛比尔斯克中学（二年级和三年级）——还是对

辛比尔斯克，对伏尔加河一无所知（只学过"长三千六百俄里"，而且是在四年级）。我不知道，深受当地市民喜爱的，美丽的斯维雅加河流向何处，途经哪里。

后来我又到了尼热戈罗德中学。老师给我的拉丁语打两分，而我醉心于巴克尔[1]！要将"米宁[2]和波查尔斯基[3]"同巴克尔进行比较，我甚至会觉得莫名其妙：巴克尔声名远播，好比巴比伦，而我们的公爵，则是市井小巷中乏味的小市民。

我厌恶"米宁和波查尔斯基"，到了恶心的程度。为什么？说实话，就因为他们没有写出一部类似《英国文明史》的巨著。

后来我又上了大学。"他们已进行过宗教改革了，而我们这儿还是蓬头垢面的阿瓦库姆。"那里——是罗马人，俄国人这儿——是乞乞科夫们。

怎能不安放炸弹呢？怎能不追随"推翻现存制度"党呢？

这种教育简单说来就是：

求学于辛比尔斯克，可以不必知道斯维雅加河，不必知道这个城市，不必知道本地的诗人——阿克萨科夫兄弟，卡拉姆辛，亚济科夫，不必知道伟大而美丽的伏尔加河。

求学于科斯特罗马，可以不必知道这是一个名字，而且是一位多神教女神的名字，不必知道伊帕基耶夫修道院，不必知道当地灵验的费奥多罗夫圣母像。

求学于尼热戈罗德，可以不必知道"诺夫戈罗德的低地"，"集市的发源地马卡利亚"，温扎河及那里的守旧者。

从十岁起，这些东西成为天经地义：

---

1 巴克尔（1821—1862），英国历史学家。
2 米宁，库·米（卒于1616年），俄国抗击波兰入侵斗争的组织者。
3 波查尔斯基，德·米（1578—1642），俄国公爵，统帅。

"我是人,虽然我还小,但我有二十四根肋骨,三十二颗牙齿。"或者相反——统统见鬼去吧。

对了,还有,我们学过:胫骨之所以叫胫骨,就因为它是胫骨。

请设想一下,一个一岁的孩子,假如不给他母乳,而是给他椰奶,"以便使他尽快熟悉地理",那会怎样?一个十岁的女孩,让她穿法国箍骨裙,以便使她尽快熟悉法国工业与艺术,那会怎样?"我的学生还不到十一岁,但已经通晓历史地理。"

到十五岁时,这些学生已未老先衰。

高尔基言中了(在一封亲切的,善意的信里):"您的《隐居》会被撕成碎片……"

不过,我很坚强。茨维特科夫[1]写信说——"您被陷害了。"我丝毫不觉得,也就是说,我丝毫不觉得疼。"凭你风吹浪打",我潜心研究我的古币。我个人收集的古币(零散的),比基辅大学和莫斯科大学还丰富。尽管他们收集了上百年。

丈夫爱妻子,就会觉得她身上的每一个部位都甜美。妻子爱丈夫,就会觉得他身上的每一个部位都甜美。

> 在马车上,苏沃林的葬礼
> 　　阳光明媚的早晨

我为何如此不能承受死亡?不能承受尘世欢乐的短暂?不断地有沙皇死去。亚历山大三世死了。我为何不能承受?不知道。可就

---

[1] 茨维特科夫·谢·阿(1888—1964),文学家,罗扎诺夫的朋友和传记作者。

是不能承受。"我要死了"——这跟"他要死了"完全是两回事。跟"我要死了"相交叉的（单一性质的）只有——死；甚至更恐怖：因为我是个罪人。

对了，我明白了：对整个世界来说，我也是——"他要死了"，也是——"无关紧要"。每个人只有对自己而言才是"我"。对所有的人而言，他就是"他"。这就是伟大的个体。如此，又怎能不发出绝望的哀嚎呢？

火车上，1912年8月9日

文学界的记忆是最为冷酷的。在我所参加过的（我并不喜欢）为数不多的"文学界葬礼"上，那些走在灵柩后面的人，他们的所作所为与躺在灵柩里的死者如此不相干，简直让我震惊。互相交谈。"各忙各的"。"杰出人物"在冥思苦想，下葬时该说点什么。

莫非为我送葬的也将是这些"说客"？令人毛骨悚然……

还不如简单行事：表示一下怜悯，掉几滴眼泪，也就够了。

我觉得，教会以及忠实于教会的人犯了个可怕的错误，选择书刊作为保护教会的工具和手段。教会是无言的。教会并不诉诸书刊或古籍。教会不需要说话。它要说的——全在弥撒中，祷告中。这些伟大的宝藏，教会语言的宝藏，早在印刷术出现之前就已被创造出来，一直供人享用。"说教"未必是需要的。要说，也只须三言两语，永远不要超过五分钟。教会应该少说多做。

难道临别时，吻一下病人不是做吗？这既是做，也是用吻代替了语言。吻比语言更丰富，因为它就像音乐，比语言更绵长，更含蓄。抚摸一下别人的头发，拥抱一下忏悔的人，疲惫的人。这就是教会的"语言"。为何非说不可呢？

让文学家去说吧。

从这个角度看,教会所有的报章杂志——不过是一堆粪土而已。

一个丈夫,死了九个妻子,且全不怪他,可能吗?首先,一个"萨马拉女人"前后有七个丈夫——跟九个差不了多少——死去,或者是离开了她。其次,巴克斯特[1]给我讲了个耐人寻味,令人惊异的故事:"一个人在同一天里,遭遇了两次车祸,可能吗?"我回答:"当然不可能!不可思议!""您想象不到,"他反驳我说,"我的一个熟人,从勒阿弗尔出发去里昂,不料勒阿弗尔开往巴黎的列车中途翻了。幸亏他平安无事。于是乎兴高采烈地继续赶路,谁知巴黎开往里昂的列车又出事了,他本人不幸遇难。一天里有两条线出车祸,看来,不是不可能的,也不是不可思议的;这种事是存在的,一年能有那么几次。与此同时,在这场完全可能的事故中,还会发生一个不可思议的不幸:同一个旅客在同一天里遭遇到两次车祸。凡遇上这种事的旅客,全是在一趟火车里'幸免于难'随即又继续赶路,转乘另一趟火车的人,而这趟车——又出事了。"

奇迹。却是真的。"不可能",却"发生了"。因为人多,成群结队,成千上万。在民间,在民间婚姻,在婚姻法的实施中,也是一样。各级教会应当"善意地考虑到"一切最不可思议的意外,以便遵守上帝的训示——"折断的芦苇无法再折断","起火的亚麻无法再扑灭"。

蓝眼睛就是这样看的。

可黑眼睛却不这样看。

我只把买我书的人,亦即两千五百个人,当作我的读者,这是

---

[1] 巴克斯特·列·萨(1866—1924),画家,舞台美术家。

不是错觉呢？在报纸上，确实无法将一般读者和忠实你的人区别开来吗？但我是否能通过来信判断出，即使是没读过我一本书的人，也有可能忠实于我？在这种情况下，"没读过"的错觉肯定会立刻消失。

我不知道。此时此刻我犹豫不决。如果没人买我的书，我会笼统地下结论说：我在俄罗斯还不够有名，还没有什么影响。

深夜，读福尔摩斯时

有缺点的人才是真挚的人。没有缺点的人是虚伪的人。

大约三年前，捷尔纳夫采夫发表了一个极其深刻而又充满忧虑的见解。当时，我好像是在谈论大学和教授们，也有可能是在谈论政府和部长们。他打断了我：

——空谈！警察局的分局长——这才是重要的人！

他用手左右划了一下，似乎是在指点周围，指点屋顶的上方（谈话是在夜晚）：

——这里的屋顶下到处都住着人。都是些什么样的人？他们的生活如何？——没人知道。部长不知道，您的教授不知道。科学家不知道，当局不知道。也没人感兴趣。然而，这里住的是些什么样的人，他们的生活如何，恰好又是所有问题的关键。此乃安危之所系，利害之所系。这个问题只有分局长知道——别看他不吭声，不报姓名；他的工作职责要求他什么都知道，"以备万一"，尽管职责并不要求他事无巨细，一律禀报。他知道谁是小偷，知道谁是妓女，知道谁是赌徒，知道谁的财产来路不明，知道谁对丈夫不忠，知道那些半上流社会的女人的一举一动。凡是小说中推测的东西，高尔基在《底层》里反映的东西，阿尔志跋绥夫们以及其他作家描写的东西——这全部生命活动：骚动不安的和富于幻想的，隐秘的和罪恶的，可怕的和神圣的，"根据职责"，统统在分局长的掌握之中；而且，"根据职责"，这些材料，别人无权掌握。

他好像没把话说完，或许是我在心里替他说了：

——要工作就到这儿来。这里真实——有趣，这里真实——有权！

我不由得在心中惊叹："确实如此！而且，谁也不曾意识到！"

他说的似乎更清晰，更深刻。大致是这个意思：所有的工作都是虚幻的，只有一个工作是实在的——当警察。

捷尔纳夫采夫本人就是个崇高的幻想家，哈姆雷特。却突然——冒出这样的想法！

8月20日，12点

整个俄罗斯的"反对派"其实是奴才房间的反对派。这一点从说话的语气中不难看出。他们总摆脱不掉那种根深蒂固的意识——这是后宫；摆脱不掉那种根深蒂固的痛苦——我们是"后宫的"；摆脱不掉那种根深蒂固的观念——被他们批评的人可都是贵族老爷。正是这种奴才腔调，妨碍他们成为真正的反对派。文学界最有独立性的人我觉得是斯特拉霍夫，他连提都不提"政府"二字，就这样生活，思考，最后在国家机构任职（一个低微而又偶然的职位，教育部学术委员会委员，年薪一千卢布）。他具有一种对"政府"绝对不感兴趣的才能或天赋，分寸感或灵感。相形之下，有些人就不同了。奴才米哈伊洛夫斯基，就像中了普列维的魔法，对他百依百顺；"宫廷中人"科罗连柯，不让他敲打一下县警察局长或乡绅，不让他背地里（不敢当面）奚落一下"自己的波尔塔瓦省长"，他连一天也活不下去。"要不然——我找上面。"他心里想，两腿却直打哆嗦。演唱会上来了个警长，于是安年斯基告诉大家提高警惕，并指着会场说:"让'那里也能听到我们的声音吧。'"柳鲍芙·古列维奇写道。指着会场,也就是指着警长。怎样的大无畏精神啊!斯特拉霍夫会无地自容,假如他不尊重自己,在具有文化意义的讲话中,竟允许自己哪怕只那么一瞬间,考虑到警长。即便是想到内务部长,他也会认为那是一种耻辱。在他的思想中,只有绵长的世纪和久远的历史。这才是绝妙的非激进主义者的自由。这自由,把人们引向他们,即引向斯拉夫派,引向思想中绝对没有"政府",既不说"是",也不说"不",既说"是",也说"不"的俄罗斯人。当政府干得好——就说"是";当政府干得不好,平庸——就说"不"。政府不过是人民与社会的喉舌,作为社会的一个成员,一个作家,应该把它看成自己的奴仆,亦即跟他一样的凡夫俗子和公民的奴仆。如此看来,只有激进主义者才承认"权力的至高无上","我们的兄弟"绝对不承认。这便是人们没有搞清楚的地方,这便是人们没有加以揣摩的地方。恰是保守主义者才拥有政治自由和公民的尊严,而"反对派"有的只是奴才的阴险和"自己的卑贱地位"造成的苦难。

让婚姻服从爱情的法则。

似乎,基督教就包含在这里:一切都要服从和睦,和平,平静的法则。然而,恰是基督教——不是伊斯兰教,不是犹太教——两千年来恪守的却是另一个原则:

让爱情服从婚姻的法则。

于是人人被压得喘不过气来。

似乎,我们的婚姻既不符合福音书,也不符合《圣经》(毫无疑问):这是古罗马的国家婚姻。教会的神父都是古希腊罗马帝国的居民,或者说,是纯罗马帝国的居民:关于"社会的基本细胞"的概念,他们是从外部生活中取来的。

正因如此,我才向往一种新的家庭,尽管看上去有些"大逆不道",其实却是真正符合福音书和《圣经》精神的,它所反对的只是不慎被列入"教规"的罗马多神教家庭模式。

上帝创造了爱情。亚当和夏娃相爱——这是《圣经》唯一一次承认琴瑟之好,男女之爱。爱情比"婚姻的法则"古老。不言而喻,古老的和基本的东西不应该服从新的和附加的东西。

不是"名词"要跟"形容词"性、数、格保持一致,而是"形容词"要跟"名词"保持一致。

神父们啊,信奉这一点吧;即使不然,人们也不会听命于你们。
就是杀了他们,他们还是不会听命于你们。《圣经》中说:"爱情甚至比死亡更强大。"

少女失去贞节,等于失去自己的定义。
她并没有破戒(自然规律),她并没有得罪谁。她可以对全世界说:"与你何干。"原来如此。

可是,当人们跟他交谈时,把她当成少女,当成"小姐",而不是"太太"、"女士",她可不会说:
——我已经不是姑娘了。
她要加以掩饰。时刻这样。每天她都被迫撒谎。她会处于这样的境地,好像她出门时带的"不是自己的护照",口袋里装的是"假身份证"。

处女的真实，处女的质朴，处女的坦率一荡然无存。如今（失去贞节以后），她不得不每天拿捏作态，假话连篇，责备自己"不够勇敢"。

这真是活受罪。

可更可怕的是，"在暴风雨的压迫下"，最后，她开始朝歪处长，"侧着身子长"，虚假地长。

她会逐渐失去光彩，失去活力，变得枯萎。这并不是因为"罪过"，性交本身绝对不是罪过，而是因为——失去"贞节"，其实就是"堕落"。从一般经验看，少女将从此走向"堕落"。在"职位"上堕落，在"劳动"中堕落，在"家"里堕落。

然而该死的（社会，长辈）：你们应该及时地，尽可能早地让你们的孩子出嫁，以此来避免这可怕的不幸。永远不许叫喊——"你堕落了"（父母对女儿），当事情已经过去三四年，当她还在苦恼，还在期待。

（这里说的是"成熟"以后）；（应该在法律中确定"兑现支票"的期限，也就是少女"有义务等待"的期限。目前，一切都交给社会，少女得不到任何保障。比如，法律应该说："三十岁以后不要求保持贞节，生孩子不受指责，孩子合法。"）

是的，我也认为，由被开除的警察和夜总会的赌棍造就的俄罗斯进步，会走得很远：

请播撒理性，善良，永恒。

请播撒。俄罗斯人民会真诚地对你说一声"谢谢"。

这数不胜数的"谢谢"，会把俄罗斯人民的脖子压弯。四面八方的将军，军人，每人要你鞠一个躬，还有文学将军，强迫你"永远鞠躬"。

人们对谢德林和涅克拉索夫已经鞠了五十年的躬。

我还是觉得日常生活中的罗斯更可贵,更可爱,更可亲,更有人情味。
彼此恩爱。男婚女嫁。生儿育女。
先让孩子学点文化,但不要使他们厌倦,然后,让他们结婚。"父母还身强力壮的时候,孙子们就应该作好准备。"——这是我的信条。
只有死亡才令人恐惧。
　　从斯维托扎尔·斯杰潘诺维奇的婚礼上回来后

托尔斯泰令人吃惊,陀思妥耶夫斯基令人感动。
托尔斯泰的每一部作品都是一座建筑。无论他写什么,甚至无论他开始写什么("片段","开头")——他都是在建造。到处是锤子、铅锤、直尺、图纸,"构思好的和设计好的"。他的任何一部作品,刚一开头,其实就已经全部构筑好了。
但这一切当中没有箭(实际就是没有心)。
陀思妥耶夫斯基是沙漠中的骑士,背着一只箭囊。他的箭射向哪里,哪里便流血。

陀思妥耶夫斯基对人来说是宝贵的。托尔斯泰身上则没什么宝贵的东西。他总是"说教"。让那些心悦诚服的人跟他去好了。"说教"并不能成就什么,除了一叠叠的纸张和收集纸张的人,以及图书馆、商店、报纸上的讨论,或者好一点——而陀思妥耶夫斯基活在我们心中。他的音乐永远不会消亡。

　　　　　　　　　　　　　　9月

在那个世界,如果你能进天堂,你将得到西瓜的滋润,而不是水。

吃西瓜时

——假如给你塑像,你想要个什么样的?
——我只要求:上面的我在蔑视观众。

紧张工作的一天

我对琐碎的东西有一种本能的崇拜。"琐碎的东西"就是我的"神灵"。我每天都要跟它们打交道,日复一日。
如果没有它们,我的面前将是一片荒漠。我害怕荒漠。

风格是事物的灵魂。

你们这些十足的傻瓜啊,我的文章没有一个字是用水甚至油写成的——它们是用人的精液写成的:你们还嫌价钱太贵吗?

在马车上

第一声自然而然的呐喊,但一度丢失;
后来才在《落叶》的主题中找回

孩子的妈妈容忍不了果戈理。她简短而坚决地说:
——我讨厌他。
作为一个教徒,谈起神职人员时,她也说:
——我讨厌神父。
——瓦尔瓦拉·德米特里耶芙娜,您为什么要"讨厌神父"呢?
她不慌不忙地说:
——每次坐完车,下车付车钱时,他们总是撩起长袍,转过身去，取出钱包。看他们"撩起长袍"的动作，就像有人要抢他们的钱似的——真恶心。而且，"五戈比"的车钱他们总是给"叶卡捷琳娜时期"的旧币，上面画一只很特别的鹰，折算成三戈比也不见得有人要。

——那讨厌果戈理是为什么？

她没有回答。可当我给她读一段她表妹萨莎·日丹诺娃爱得发疯的果戈理的作品时，她客气地等我读完，然后说：

——最好读点别的。

我很惊讶。对我的提议，她是那么客气，却又那么无动于衷。——怎么了？！果戈理怎么了？！——我不明白。

她时常莞尔一笑，这笑在她快活的时候，会变得很含蓄，让人觉得模棱两可。她的心境是开朗和善的（那时），见不到忧郁的影子（也是那时）。她不分析别人，似乎，她不允许自己分析别人。"我还年轻"（二十六或二十八岁）。她对所有的人都一视同仁，以诚相待，从不偏心。实际上，她过着一种奇怪的生活，好像她"既是这个世界的，又不是这个世界的"。一种中间的，介于两者之间的东西。往前看——没什么，往周围看——没什么，往后看——第一次出嫁的罗曼史，持续了四年的幸福。

她是眼看着丈夫慢慢死去的，死因不明。他的双眼逐渐失明，接着，又经过一段短暂而严重的精神失常，最后终于离开了她。"有人给我做好了丧服，但我没穿，我跟平时一样，穿着花裙子，送他"（去墓地：当时她已没有力气换衣服）。

这件跟在棺材后面的花裙子深深地印在了我的心里。

"她为什么不喜欢果戈理？容忍不了？"

她对谁都笑脸相迎，只对一个人不打招呼，这就是叶夫兰比娅·伊万诺芙娜·索－娃，一位宗教老师和教堂神父的妻子。

——为什么？

——她等着我主动打招呼，我装作没看见她。

除了这些她避而远之的傲慢的人以外，她对谁都"好"。她非常喜欢几位漂亮的亲戚：玛利娅·巴甫洛夫娜·格拉高列娃，丽莎·布加吉娜（已故），她童年的朋友，还有叔叔德米特里·阿德里亚诺维奇。

她对其余的人态度平静，或许，略带冷淡。对母亲很孝敬，很顺从，但没有什么特别的感情。特别的感情是后来，嫁给我之后才产生的。

究竟为什么她不喜欢果戈理？当你读给她听，她显然是"听而不闻"。"为什么？为什么？"我问。

——因为我"不喜欢"。

——怎么能"不喜欢"呢？要知道，这可是真实的，比如，乞乞科夫。

——"乞乞科夫"又怎么样？

——是个下流坯。很卑鄙。

——那又如何，下……

她没把"下流坯"三个字说完。

——瞧，果戈理在挖苦他！

——这又何必？

——怎能说"何必"呢？世上确实有这种人！

——即便"有"，你也不认识。我若是碰到了，我会说："下流坯！"可我现在是跟您讲话，我们是在这里，读书，讨论问题，我又何必说人家是"下流坯"呢。"下流坯"这个字眼儿我怎么也想不到，因为我看不见我周围有"下流坯"，我看到的都是平平常常的人，甚至还是讨人喜欢的人。坏印象——没有。

我将我的简短的,还不够充分的话语展开。她坚决拒绝阅读"下流坯"。这究竟为什么,跟什么有关系,她自己也不明白,或者最好说,她并不觉得"气愤"。

在她身上,见不到气愤。坏印象——没有。

与其说她生活在现在,生活在未来,毋宁说她生活在过去。她的生活,沉浸在往事的回忆之中,笼罩着一层伤感的,灰蒙蒙的薄雾。

有一次,她差点说出口:

——我恨果戈理是因为他嘲笑人。

也就是说,他有嘲笑人的本性。

她说她不跟叶夫兰比娅·伊万诺芙娜打招呼,但仅此而已,并不添枝加叶,指责对方,更不说长道短,冷嘲热讽,恶语中伤。我一生中从未听到过她对人"评头论足"。尽管有过疏远别人的时候,有过两次"分道扬镳"的时候,但从来不说什么(跟汉布格尔一家)。

这时(1889和1890年),我明白了,果戈理的嘲笑与她的灵魂的音色水火不相容。她的音色是悦耳的,纯净的,里面没有有半点污秽和尖叫。视觉的垃圾,抗议的嚎叫——她不能容忍。

我把这一点写进了对果戈理的评价(《关于宗教大法官的神话》)。我同意她的观点:嘲笑,笼统地说,不是什么体面的东西;嘲笑,是人类灵魂的低级范畴。嘲笑——来自"卡利班"而不是来自爱丽尔(莎士比亚《暴风雨》)。

妻子不明白这些。我也没跟她说。

后来,对梅列日科夫斯基夫妇,她也是很不喜欢——甚至到了谈"梅氏"色变,"很难坐在同一个房间"的程度。即便这时,她也不曾指责他们,讽刺他们,奚落他们。这种作法,和她的天性背道而驰。再后来,当我跟梅氏夫妇分手并开始对德米特里·谢尔盖耶维奇进行恶毒攻击,口诛笔伐时,我本想,她会同情我的,或者至少,她会觉得"没什么"。谁知,由于我的嘲笑过于"尖酸刻薄",我的那些文章,她连看也没看,或许,她压根儿就不感兴趣(最多只浏览到一半),只是说:

——别以为你会激怒他们。他们,可能正在嘲笑你呢。他们不承认你,你就生气,变得歇斯底里。你这是害自己,而他们——丝毫无损。

我终于没能用自己的"讽刺"把妻子吸引过来。于是我想,"讽刺"来自地狱,当我们还没有下地狱,还活在人间,亦即还活在中间层次时,讽刺跟我们的存在和我们的智慧不相匹配。但愿这能成为"妻子的训诫"。

"是她的——也就是我的。"
"是他的——也就是我的。"姑娘心想。

罪恶的诱因和严酷的事实就建立在这上面。

事情本来就是这样的。为之奈何?"每个人都要征服属于他的乐土。"

写在文稿的背面

爱就是将自己完完全全地奉献给别人。
"我"已经不存在,"一切都是你的。"
爱是奇迹。道德奇迹。

离异是婚姻的调节器,是婚姻的灵与肉的调节器。要想破坏婚姻,却又不想声张,不想搞得"满城风雨",沸沸扬扬,只须破坏离异就够了。

"关于离异的学说(还有法律)"不光是关于离异的学说,这几乎同时也是关于婚姻本身的学说。里面已经包含了一切:智慧,意志。遗憾的是,在"我们的"这方面的学说中,却是什么也没有,除了愚蠢和滥用。

我知道,我描绘的是那个"文学的吸血虫",它牢牢地吸附在文学身上,把一切都注射到文学身上……
这是宿命。这是命运。

在文学方面,我丝毫不感到拘束,因为文学只是我的裤子。至于说还有"文学家",且文学乃是一种客观存在——这跟我没有一点关系。

是的,基督说得对,人不应该"从血肉中"诞生,而应该"从精神中"诞生。我个人经历过一次"再生",从本质上说,这就是我的诞生——三十五岁时,在叶列茨,在现在的妻子身边,在她五十五岁的母亲和七岁的女儿身边。说实在的,"鲁德涅娃-布加吉娜一家"(女儿守寡)才是我的真正"父母",我的灵魂的父母。

我记得,在一块石头上,我们交换了十字架:她把自己烫金的给了我,我把自己蓝玛瑙的给了她。从此,她戴上了我的蓝十字架,而我戴上了她的金十字架。

于是,她那颗温柔善良,富于同情的心走进了我的心,而我这颗(见到她之前)严酷冷漠,愤世嫉俗的心也开始神秘地走进她的心。

她变得一天比一天"嫉恶如仇"。我则变得一天比一天"宽宏大度"。但我的"宽宏大度"来源于她带给我的幸福,而她的"嫉恶如仇"起因于我带给她的痛苦和烦恼。

——你怎么在女士面前舔嘴唇?

讨厌。的确讨厌：男人这样去"接近女人的手"，其实是一种丑陋的表现。结婚前我从不这样（也许是我没意识到），而结婚以后一都是因为情绪好。

我摆脱不了这个毛病。摆脱不了诸如此类的毛病和争吵。这使她很痛苦，很气恼。她自尊地说：

——你不理解我的感情。见你像个不懂事的小孩子，老是舔嘴唇，糟践自己，糟践自己的尊严和四十岁，我心里不是滋味。

我内心确有一个"小孩子"在作怪（有这样一种本性）……

——见人家像看小孩子一样看你——我心里不是滋味。

就这些。

我觉得，所有的人，无论谁，都是好人。因为我是幸福的。是她的金十字架给了我幸福。

我甚至吻过一位我不愿透露姓名的女士的手，当时我并没意识到，她是"何许人"。

书应该价钱昂贵。书不是烟草，不是伏特加，不是街头拉客的妓女。

书跟你推心置腹。书使你从中受益。书给你讲述今昔。

书应该价钱昂贵。

书不应该低三下四。书应该玉洁冰清。

书不追随任何人，不委身于任何人。书平放在那里，甚至"并不期待买主"，只是平放在那里。

书要找，书须淘；一旦得到，就要爱惜之，珍藏之。

书不能"外借"。书一经"外借"，便堕落为"荡妇"。书一经"外借"，便丧失了自己的精神，自己的质朴，自己的纯洁。

"阅览室"和"公共图书馆"（除了供全国使用的帝国图书馆），就实质而言，乃是"公共场所"，荒淫无度的城市，藏污纳垢的妓院。

我真恨不得咬掉所有伟人的头。在我心目中,我们家的侍女娜嘉比拿破仑更高大。她是那么温顺,可爱,脸上不时地绽露出微笑。

绝对没人对拿破仑感兴趣。只有傻瓜(集市,人群)才对拿破仑津津乐道。

写在邮件收据上

她坐在我们家喝茶。虽然患了癌症,依然妩媚动人。她妹妹对她说,好像三十年前我曾钟情于她,那时我们彼此还不认识,如今这不,跟她妹妹一起来了,让"曾经恋过我的人"看一看。

但这是个错误。只不过是在穿越卡马罗夫街(布梁斯克)的时候,我路过科－基家的小屋,看见"他们一家人都在喝茶"。那时她很瘦,很温和,即使算不上漂亮,那也是接近漂亮。她那么谦虚,以至我大概"几乎爱上了她"。她妹妹当时在念中学。她刚刚出嫁不久,还没有孩子。他是军人,在军火库服役。现在已是满头白发的将军。

她笑吟吟地坐着。她的两只乳房已经完全切除。两腋之间"一无所有",几乎只剩下骨头。妹妹是外科医生,手术是她做的,断断续续地进行了多次,每次"切除"一部分。

在她脸上,我看不出丝毫不幸的神情。"我希望能再活六年,把小儿子(十二岁)抚养成人。"她的妹妹,我们家的朋友(那时)转述她的话。

就是现在,她也是出众的。四十岁了。白净的脸,很耐看。同时,她身上还有一种讨人喜欢的东西,一种"说不清道不明的优雅",一种女性的魅力。

1912 年 10 月 3——4 日《新时代》上的讣告

有时我觉得,我将瓦解整个文学。

并不是因为我强大。但上帝和我在一起。是这样的。是这样的。是这样的。

临行前打包裹时

我们生下来赤身裸体，我们入土时还是赤身裸体。
我们的衣服是何物？
是官阶，门第，地位？
给我们散步用的。

天气晴朗，大家倾巢出动，来到涅瓦大街。可我们全都有"回家"的时候。这"回家"便是——入土。

10月

怎能不吻教堂的手呢，既然它把祷告的方法也教给了目不识丁者：一个老太婆点燃蜡烛，说："我主慈悲"（在教堂里听来的，算是"无师自通"），接着———躬到地。

"祷告一番"之后，孤独的老人得到了安慰。心中豁然开朗。这是谁想出来的？毕达哥拉斯"发明"不了，牛顿"算"不出来。

这是教堂的作为，教堂的悟性，教堂的本领。

教堂教会了所有的人祷告。教堂的诵祷，是对基督的诵祷——"我主万福"。

——您的文章太不像话。

——不错。但却用心良苦。

"基督教既不赞成性，也不反对性，而是把人完全转移到另一个层次。"

弗罗伦斯基

——主人既不反对修房子,也不赞成修房子:而是研究文献学。

我觉得,房子会倒塌。虽然"文献学"跟持家并不矛盾,但会吃掉它。

婚姻问题关乎每个家庭,你我的家庭。婚姻问题困扰着每个人,无法回避。"我并不禁止别人思考这个问题,只是我要去图书馆研究手稿。"——怎么能说这样的话呢?

10月8日

一半真诚——如今体现在教会的一切事务当中。

你要是说这是不真诚,那你可就错了。马上就会有人站出来,向你显示他的慷慨激昂,他的无限喜悦,他的感动和忠诚。

但请不要追问这种慷慨激昂:他会脸红,他会语无伦次,他会支支吾吾,闪烁其词。

如今这年月,什么都是"一半",没有一点"全部"。

安东尼大主教去世前

即便这个地方腐臭生蛆,我也不离开这里。

跟笨蛋在一起。跟滑头在一起。

为什么?

这里的人们谈论的是灵魂不死。是上帝。是永生。是赏罚。这里是祭坛。真正的,人间绝无仅有的祭坛。

离开这里,我们又能到何处去呢?

安东尼大主教去世前。10月28日夜。

也许,别人没有权利独自死去,但我死去。

在宗教哲学大会上碰到费洛索弗夫[1]和梅列日科夫斯基。仿佛什么事也没发生过。感到很友好。我们曾互相谩骂（笔战），他们俩还要求《俄罗斯言论报》，要么开除我，要么他们"隐退"。当费洛索弗夫从我身边走过去的时候，我甚至还拍了一下他的"屁股"。纯粹的友谊。就像中学生。

我特别迷恋中学时光。愿意永远做一个中学生。"一本正经的生活——见鬼去吧。"

在报社一起共事时，我总是暗自发笑，总是想：我们还耍学生脾气呢。

因此，我才不在乎写什么样的文章，"往右"还是"往左"呢。这都是胡说八道，没有任何意义。这是"尼热戈罗德的一位中学生的瞎胡闹"。

在黑水池塘上滑冰。10月29日

10月30日
……一切实物偏离自己的定义，一切行星偏离"顺行轨道"……这是什么？！
恐怖啊，恐怖……

也许，这种偏离的意思是，世界想要"系上所有的纽扣"，不让人家看到衣服里边的口袋，不管是记者，还是牛顿。

果真如此，尚可聊以自慰。"好黑呀。我看不见。"但愿双脚长进土里，走路像熊一样笨拙的维伊也这么说。

可万一事与愿违呢？

那又怎样？

---

[1] 费洛索弗夫，德米特里·符拉基米洛维奇（1872—1940），批评家，政论家。

我甚至不想说出来。我害怕。

我的所有的缺陷,要么归因于头脑好奇,要么归因于"放任自流",而且,就实质而言,是无缘无故的。但我从来不"讳疾忌医",也从不"使人昏昏"。

所以,对"世界的缺陷",我知之甚少。所以,很有可能,我对世界的评判,尚欠深刻。月亮有缺陷时,才能让我领略到我从未见过的"月亮的另一面"。

《死魂灵》的提纲——其实是个笑话,一如《钦差大臣》的提纲——也是个笑话。一个贵族老爷想要收购死去了的纳税人口,并以此作抵押;另一个贵族老爷加赌徒在一个城市里被当作钦差大臣。果戈理的所有剧本,《结婚》,《赌徒》,以及中篇小说,《外套》——只不过是可有可无的彼得堡笑话。它们自身并不表明什么,也不揭示什么。

这种构思的简单和肤浅令人震惊。果戈理没有能力将提纲复杂化,感觉得出,他不善于在事件进程和激情发展中把握中长篇小说。这一点,从他的初稿中也能看出来。

这是怎么回事?一种奇怪的内心的肤浅。同样令人震惊的是,果戈理本人也不曾发展。他的灵魂没有改造过,他的信念没有改变过。从小俄罗斯故事过渡到彼得堡笑话,他只是把眼光从南方转移到了北方,但这眼光还是依然如故。

佩尔卓夫[1]的缺点在于个性不够鲜明,甚至不够明确。
上帝创造他时,好像陷入了沉思,手里的刻刀停了下来,于是

---

[1] 佩尔卓夫,彼得·彼得罗维奇(1868—1947),政论家,批评家,编选过罗扎诺夫四卷集。

他的整个脸变得暗淡无光。眼睛没有从大理石中"显露"出来,且嘴唇永远不会发出叫喊。上帝给了他聪明才智和远见卓识,还有语言的精确中肯(从信上来看)。他的高尚和无私尤其讨人喜欢。然而,所有这些品质遮盖着一层迷雾——似是而非的行为,含糊不清的言语,一种"生存的嗫嚅",而非生存的宣讲。

可他是个"诚实的骑士",我们低贱的新闻界的诚实的老骑士(用模子铸造出来的)。

勒齐跟他恰成反照。上帝在加工好勒齐之后,由于厌恶而啐了一口唾沫,转身走开了。于是从那时起,勒齐便一直在后面追赶上帝,思念上帝,向上帝发出世界上最好的祷告(在自身中,在灵魂里)。

可惜,这些没有用文学的方式表达出来。他的笔只谈论吃的,谈论罗西尼,有时,也谈论一下教会的神父们。如今,穷困潦倒的他,已经没什么声音了。

何为文学的灵魂?

哈姆雷特。

寒冷和空虚。

准备睡觉时

假如没有先见之明的恐怖,我就不会这么害怕,不会这么伤心。可我好像是生活在"天命"之中:因为,有一段时光,相当长一段时光,她总觉得,整个未来充满了令人惶恐的预兆。

我们坐在基斯洛沃茨基剧院里。演出的是《聪明误》。既不好,也不坏。一次幕间休息时,我琢磨着,有否可能给《新时代》搞一篇值七十来个卢布的文章(两张剧票六卢布,正赶上手头拮据)。

——你看,瓦夏。

我抬起头,看着放下的帷幕,上面画着希腊神话中的英雄和女河神。

——不是那儿，上面。

帷幕是从拱顶里边放下来的，拱顶上画的是……大概是……古希腊的面具。

——看那儿，角落里……多可怕呀……我死的时候，脸会跟这一样。

这是一张"悲剧面具"，是一张因恐惧和绝望而抽搐变形的脸。

我突然感到浑身冰凉。我也不知道我有气无力地说了句什么。她的声音是那么"震撼人心"，她的语气那么肯定，以至我不寒而栗，以至我过了好久，仍然会从梦中惊醒。

有几次，我劝她到疗养院休养一下——（指望这能救她，指望那儿的医生能够确诊），她吓得浑身发抖，死活不肯。她就像一只躲在角落里的小鸟，害怕离开这个角落。

她老是猜疑，老是害怕——"你们想丢下我"（她尽说傻话，不加考虑）。"你们不想要我了"……

我不再说话。

"多么可怕啊……那时我以为，要把我送进疯人院呢。以为帷幕降下了呢。"

她浑身冰凉。我浑身冰凉。恐惧的中心就在"降下的帷幕"里。而她心中的帷幕也在徐徐降下。她就像一颗原子，粉碎了，脱离了这个世界。

我的苦命人啊。她又在说："我又梦见了米哈伊尔·巴甫洛维奇"。这么清楚。他问我："你就要到我这儿来了，瓦伦契克，是吗？我等着你。"

这是她第一个丈夫。一切都是从他开始的。我们的爱情本身就是开始于一曲神奇的哀歌，在这曲哀歌里，她讲述了她第一个丈夫不明不白的早逝。她二十一岁便开始守寡，跟两岁的女儿萨尼奇卡和母亲一起生活。

上帝赐给了我语言才能，却没赐给我任何其他的东西。正因如此我才这么不幸。

对青年时期来说，唯有贫穷才算得上体面。
但不要有虚伪的"漏洞"。
贫穷是纯肉体的。
我的灵魂是一根扯开的线。它甚至不是亚麻的，而是纸的。它在逐渐开裂，用它捆不住任何东西。
夜间乘马车时

我来自一片荒凉，所以，应该这样定义我："荒原来客"。
怎样的孤僻啊。
敌视所有的人。
就连邻居都不认识我们，一如我们也不认识邻居。也许只有街角的裁缝例外（他的小屋就在旁边）。所有的人都怕见我们，我们怕见所有的人。

我们都吵过架。美丽的维罗奇卡[1]死得早（当时我才七八岁），她一死，家里开始变得冷冰冰的，到处积满了灰尘。我从不记得有谁关心过我，也不记得我关心过什么。我们是在"东游西荡"，而不是在生活；我们从未想到过应该干点什么。"应该"一词在我们的词典里找不到。在十四岁以前，我从未听见过这个词，即便是听到——"你应该温习功课"，我还是对这个"应该"听而不闻（就是现在我也讨厌"应该"）。全都根据"如何偷懒"和"如何讨巧"

---

[1] 罗扎诺夫的姐姐。

的原则打发光阴(因为连说也不能说那是"生活")。直到现在(五十七岁)，我才明白，科利亚[1]是对的。他只待了三天，便一言不发地走了，从此杳无音信。他以成年人的眼光、学识和经验断定，这里的一切已经死了，尽管还在动弹，还在呼吸。要复活这一切，是不可能的，因此，只有一走了之。

夜里躺在床上，回忆童年，十三岁以前。

何为"作家"？

被遗弃的孩子，被忘却的妻子，以及虚荣，虚荣……

有意思的人物。

入睡时

11月1日

教堂教会了所有的人祷告。

除了吻它的手，人们还能如何对待它呢？

东正教徒吻神父的手——多好啊。

神父就是父亲。天然的父亲。要知道，天然的父亲中也有不好的，可我们不对孩子说——恨他们，鄙视他们。这么说，意味着放纵孩子，扼杀孩子的灵魂与未来。正因如此，即使有道理，也不应该抨击神职人员。

什么更宝贵，是爱还是爱的历史？

啊，一万"爱的历史"也抵不上"现在的爱"之万一。

如今，我写的是"历史"，因为我的幸福已成既往。

---

1 罗扎诺夫的哥哥。

勒齐前后有三个孩子死去——万尼亚，还有谢辽沙，还有……名字忘了。谢辽沙是后来单独死的。但三只童棺却是相继从巴甫洛夫街二号叶菲莫夫公寓二楼抬出去的。

这真令人毛骨悚然。人遇上这样大的不幸，怎能不"伤筋断骨"呢？他——一动不动，表情麻木；她——悲痛欲绝。赫斯医生说："奥尔嘉·伊万诺夫娜（母亲）已经几天没合眼了。"

还有叶连娜·伊万诺夫娜……

他们承受着不该承受的苦痛。他们承受着常人无法承受的苦痛。这苦痛压得他们的骨头咯吱作响，压得他们的心碎裂开来。他们究竟是如何挺过来的呢？

不挺过来又为之奈何？还得活下去啊。上帝总是要把一些人带走，把另一些人留下。谁被留了下来，谁就要活着。

从未见过他开怀大笑。始终入不敷出。现在——时常难以为继。不过，笑还是见得到的（比如给奥尔嘉·伊万诺夫娜过命名日时）。就是现在也能见到他微笑。不经常，但见得到。大家总谈起他。关心他。他一直在读使徒保罗。反复阅读。周密思考。深入领会。他每天只读使徒保罗和《新时代报》（了解当天的一切），有时也看一下《神学通讯》。

他念过高等法政学校（莫斯科）。是个聪明人。酷爱伦勃朗和罗西尼。喜欢写作。可还没搞出什么"名堂"。出生在发明印刷术之前并"鄙视生活在当今时代"。他没有现在，只有过去，遥远的过去。拒不接受未来。

他们就这样活着。

他们过的是一种消极的生活（遭受痛苦之后），当积极的生活成为泡影。

应该尊老，因为——"遭受痛苦之后"，人才会老。

这一点，在中学读书时，我们未曾意识到。

我对孩子的母亲的依赖乃是一个没有道德或道德观念淡薄的人对一个有道德的人的依赖。

她总是停不下来，总想出去看看，自己走路都困难，却还要回过头来照应我。

她对我的这一份永远的关心仿佛天意。一想到会失去这份天意，我就胆战心惊。我害怕一人独处。

无论——去什么地方。

无论——在何处休息。

没有她，我会迷路的，像一只流落他乡的狗。

我对她的依恋基于道德。尽管我一直很喜欢她的身体，她的身材，她纤柔的小指（她的双手惊人的优雅），她脸上的"一只"酒窝（第一个丈夫死后另一只不见了），但这并不妨碍发展合乎道德的爱情。在基督教世界里，只有合乎道德的爱情，合乎道德的依恋才被认可。作为圣物的肉体（《旧约》）的确已死，肉体之爱不复可能。肉体之爱只留给了街头，并具有街头形式。

我爱她，如罪孽爱虔诚，弯曲爱笔直，谬误爱真理。

正因如此，我的爱中才有一种奇怪的"分类"。它向她传递我的大喜大悲。它使她永远感到饥饿，不满足。它给了她思念和痛苦，也给了她非同寻常的幸福。

如果是我们单独在一起，或者是她没跟我在一起（没和我说话），她几乎总要祷告。这在从前也有过，只是不像最近六七年这样持之以恒。这么多年，耳濡目染自己身边的人在祷告，我怎能不习以为常呢？怎能不深受感动深受教育，并坚信——祷告是世间最优美最重要的东西呢？

　　　　　　11月1日夜，在床上，泪流满面

我要回到我写作《神话》[1]（同瓦利雅相识）和《教育的黄昏》（同瓦利雅住在白城）时抱定的唯心主义。回到外省的沉寂。彼得堡给我的只有折磨，也许，还有堕落。起初我（厌恶身居高位的自由主义启蒙者和骗子手）是疯狂的保守派，后来又是如此放荡不羁的革命派，特别是宗教革命派，甚至还是反教会派，反基督派。我走到这一步全是由于我的家庭状况。但对此应该这样理解：如今的宗教界人士谦卑地意识到自己太不神圣了，太弱小了，因此，当那些从古代沿袭下来的确实神圣的生活方式，"规矩"和"律法"压在他们身上时，他们连动都不敢动一下。假如保罗在世，他的所作所为还会一如既往，褒贬扬弃，全凭本心。缺少了这种"自身中的神圣"精神（现在），他们又如何动得了呢？他们只有死路一条。这不是保守主义，而是谦卑，不是僵化，而是害怕，害怕为别人，在另外一些不大清楚乃至不大光彩的情况下，破坏了某一条"规矩"，从而遗患无穷。规矩一旦被废除，便只剩下了良心。但假如这不是保罗的良心，而是安东尼们，尼肯们，谢尔吉们，符拉基米尔们，康斯坦丁们的良心，那么，它怎能担当得起世界的重负呢？"我还不至于被收买，可我的接班人会被收买"：于是世界开始服从收买，而不是"规矩"，服从许诺者，而不是形式主义。于是世界摇摇欲坠，于是世界走向毁灭。

所以我应该明白，我当然不会因……受到任何人的指责，教会也绝不会指责……，把我同……拆散，教会害怕大张旗鼓，动用舆论这么做，因为，"近来已经没有保罗们了，只有尼康德拉和伊诺肯季们"。因为先知和教皇的才能百年不遇，在《旧约》时期是这样，在《新约》时期还是如此。

---

[1] 指长篇论文《陀思妥耶夫斯基关于宗教大法官的神话》。

阿门。

11月3日

全都毁灭了,全都毁灭了,全都毁灭了。

生命毁灭了。生命的意义本身也毁灭了。

没有料到。

我是那么爱她,以至我无论如何不能停止夜间吸烟。

(说真的,我尝试过,可她自己说:"你就吸一会儿吧。"于是,我又让自己吸了起来。)

11月5日

啊,先生们,先生们,假如我们知道,我们多么贫穷……假如我们知道,我们多么寒酸,多么可怜……

我们算什么"达尔文主义者":我们只不过是用来运水的劣马而已。

我们只不过是门洞里的看家狗而已。

女主人丢给我们一块面包。

"我们是,斯宾塞[1]是。"

"奥古斯特·孔德[2],穆勒[3]和斯宾塞的著作,以及妇女问题(我念中学时读过)——这些统统都是。"

还有"蔡布里科娃[4]的前言"。

蠕虫生下蠕虫。

蠕虫在地上爬行。

---

[1] 斯宾塞(1820—1903),英国实证哲学家。
[2] 孔德(1798—1857),法国实证哲学家。
[3] 穆勒,约翰(1806—1873),英国哲学家,经济学家。
[4] 蔡布里科娃,玛·康(1835—1917),俄国女作家,政论家。

然后便是死亡。

这就是我们的人生。

深夜两点

……为俄罗斯大地挑选一个祷告者吧。不要寻找（挑选）智者，不要寻找学者，不要寻找阴险狡诈者。要听一听，看谁的祷告更热烈，谁能将痛苦的俄罗斯大地所遭受的深重灾难禀报上帝，谁能为她的创伤祈祷，为她忍辱负重。

在选举全俄牧首之标；各种派别

生命——是理想的奴隶。

在历史上，真正现实的只有理想。它有顽强的生命力。无论用酸，还是用火，都毁灭不了它。它会四处传播，开花结果，"控制空气"，从一个脑袋钻进另一个脑袋。面对这顽强的存在，石墙，铁塔，良好的装备——全都不堪一击。理想——攻无不破，守无不固。

而事实——相形之下，总是黯然失色。

灵魂在忍受煎熬。可怕的煎熬。

我的早晨没有光。我的黑夜没有梦。

是孩子的母亲发现了什么，指给我看："这是什么？说得对。"

我走过去读道：

"一个无路可走的人，一个被上帝用黑暗笼罩起来的人，要光明何用呢？"

这是《约伯记》中的话。于是我想："我可怜的人儿，我要把这句话刻在你的墓碑上。"这是大约十八年前的事。

为什么我总觉得她，认为她可怜？我和她一样，总无缘无故地感到恐惧。现在清楚了（是她久病不愈）。看上去，也没有什么可担心的，孩子都进了最好的学校，孩子的母亲似乎也"不要紧"，可心里就是要想："可怜的人！可怜的人！"这种没完没了的苦恼和担心，可以用涅克拉索夫的诗句来表达：

　　我是否会走在漆黑的街上……

因为我时常去编辑部（校对文稿）。并且始终在担心，好像明天将是世界末日。

11月8日
　　我的一生是艰难的。内有罪孽。外有不幸。唯一的安慰是写作。正因为如此我才笔耕不止。

　　我的宗教信仰一度很高傲。我曾这样"评价"教会：它与我无关，我不需要它，因为我"跟上帝在一起"。
　　我记得，在布梁斯克，我曾高傲地说："他是个教士"，或者还要加上："不错，他是个教士，但这绝不等于他是个信教的人"……"我不是教士，但我是个信教的人。"
　　然而，该是毕恭毕敬地亲吻神父的时候了。该是投入"大地母亲"怀抱的时候了。于是，对教会的感觉被唤醒了。
　　教会——此乃"我们大家"。教会——亦即"我跟大家"。且"我们大家是跟上帝在一起"。
　　与高傲的"宗教信仰"不同，"教会"感是谦逊的，朴素的，民众的，全人类的。

　　哲学家们——也不是所有的——谈论上帝；柏拉图教导人们"灵魂不死"。还有一些人。教会不"教导"，不"谈论"，只是要求人们相信上帝，从"灵魂不死"中吸取营养。教会只有一个。它始终如一。它坚定不移。

它支撑着这个名字，这个信仰，这面旗帜，从古至今，坚定不移。对于怀疑者，它说："你不属于我。"没有一个普通的诵经员会说："也许，灵魂不死并不存在。"对柏拉图勉强想到和悟到的东西，任何一个诵经员都深信不疑。

跟柏拉图的体系相比，"教会学说的数目"不可估量。且一切是那么丰富，那么简明。教会关心产妇。教会关心死者。这是需要的。可柏拉图就不会用这"需要的"来补充自己的思想。

同教会相比，我们的大学和神学院里的"科学"算是什么？

森林里的一棵小草。不：世界（宇宙）里的一棵小草。

世界就是教会。

而科学，以及大学和大学生——不过是一棵小草，一枝小花："镰刀一过，呜呼哀哉。"

是谁想到要去悼念死者？是谁想到要去关心产妇？

斯宾塞想不到。

巴克利想不到。

就连柏拉图和毕达哥拉斯及其学派也想不到。我不知道，波兰天主教教士想得到否，不过我知道，新教牧师大概是想不到的。产房里"太脏太闷"。

东正教神父就能想得到。

我在教堂里"长祷"的时候并不算多。我很少领孩子们进教堂。可这"很少"留给人的回忆却是那么幸福。这是光明。

这种光明充满了整个国家。"来吧，无偿地把它拿去。"只要腿脚勤快——全都来吧。不过，现在的教堂还没有普及到每一个村庄，还没能让那里的人在非礼拜日也做上礼拜，这是个严重的缺陷。这是失误。如果当初能想到这一点，那么，老太太们也可以上教堂了，孩子们也可以上教堂了。这毕竟是受教化。

为什么要把繁琐的统计数字压在神父们身上？为什么老让他们不务正业，却无暇顾及他们的分内之事？

俄罗斯人缺乏祖先意识和后代意识。

"精神民族"……"绝少肉欲"……

我们的虚无主义由此而来："在我们之前没什么重要的东西。"且我们的虚无主义一贯是激进的："我们从头开始建设一切。"

我的日子即将结束……啊，我是多么不需要这些日子。对我来说，不是"度日如年"，而是"度时如年"。

我对教堂的思考越来越多。越来越经常。我开始需要它。从前只是观赏它，赞叹它，想象它。从它的好处来评价它。这完全是另外一回事。我需要它——一切从此开始。

在此之前，其实也不曾有过什么。

教堂建立在"需要"上。这全然不是文化影响。不是"为民启蒙"。所有这些范畴都将灰飞烟灭。虚无主义者才需要"启蒙"。

我需要的是：给教堂垫一块石头，使它的基础更加稳固。

我们宽恕他们，因为他们也曾宽恕我们。

关于僧侣们，11月8日，深夜

要知道，他们是一个阶层。他们几乎全是牧师，执事；既然不是一个人，而是一个阶层，难免有不争气的人，有时甚至还会有害群之马。东正教僧侣阶层的大门是敞开的，"来者不拒"，于是也就良莠不齐，有毛病的人随处可见。货真价实的僧侣百里挑一。这很自然。

我们原谅他们。我们原谅他们。我们原谅他们。我们原谅并放过他们。

他们毕竟代表我们祈求"留利克的恩典"。虽然态度冷淡,马虎,但这些话毕竟是托付给他们说的。

让我们保留这"毕竟"。世界如此弱小,如此悲哀,人的状况如此可怕,以至我们只能将自己局限并满足于"毕竟"。

"毕竟"谢拉菲姆·沙洛夫斯基和安夫罗西·奥普金斯基曾是他们中的一员。毕竟他们不是"文学家"……

文学家没有"毕竟"。

文学家有的是自吹自擂。

11月9日

想比干容易:这便是社会主义的来源(至少对懒惰的俄国社会主义来说是这样)。

我还得活两年(跟印刷厂结账,还银行贷款)。

11月16日

始终在思考,感受和谈论教会,基督教的诺沃肖洛夫,弗罗伦斯基,茨维特科夫,布尔加科夫,对于婚姻,家庭和性的问题没发表过任何看法,更重要的是,他们以后也不会发表什么看法。符·索洛维约夫写了《爱的含义》,可要知道,"爱的含义"本来就是个哲学论题,然而就连他也未曾在其十卷本的文集中,对离异,婚前贞节,背叛,以及家庭的障碍和苦难等问题说过一句话。这方面他没说一句话。我的两卷本《俄国家庭问题》出版后,非但没引起任何人的重视,就连一篇书评,一个简介,一句引文也没见到。

好像《俄国家庭问题》并不存在。所有的人,他们对家庭的需要到了可怕的程度,然而他们——尽管拥有集体的民族的智慧,集体的基督徒的智慧,兼收并蓄的教会的心——对这本书的漠不关心同样到了可怕的程度。

……

任何攻击,一遇上我的懒惰,便都碰得头破血流。

比如,托尔斯泰的古典中学,圣经十诫,以及"如何注意自己的言谈举止"。

一切都陷入了我的不拘一格,没有章法之中(就像猎人陷入了沼泽)。

心感到疼痛的时候,便顾不上多神教。请问,有谁会"怀着一颗疼痛的心"去关心多神教呢?

我跟所有的人握手,所有的人也都跟我握手。我睁开眼睛看全世界,全世界也睁开眼睛看我。我拥抱紫罗兰,也拥抱玫瑰和水仙。我聆听树林的喧哗,大海的汹涌,也聆听贝多芬的音乐,俄罗斯伤感的歌曲。

卖淫现象无所不在!真正的"我属于人人,人人属于我"。除了一个器官。

这个器官就是生殖器。如果我把它给了某个人,亦即给了不止一个人,所有的人都将向我投掷石块。

真是奇迹:就是说,我身上只有这生殖器是清白的?只有它"不允许"人人碰它,或者它碰人人;换句话说,只有它是不出卖的,保持着"自我",保持着"本性"。

因为,大家之所以向我投掷石块,并不是因为我得罪了他们……并不是因为我剥夺了他们的快感。

而是因为——我得罪了生殖器的本性！神秘的"投掷石块"（确实神秘）作为世界性的"对放纵的谴责"，乃是一种象征，表明全世界都在捍卫我的生殖器，捍卫它的纯洁和完整。

怎样的奇迹啊！

要知道，生殖器一旦受到玷污和摧残，被处死的并不是生殖器：它不会受到任何伤害，就像"纯洁无瑕的夏娃"；被处死的是生殖器的持有者，因为他没有保护好它的清白和纯洁。

这便是"世界的构造"为事物的本质提供的"cultus phalli[1]"的证明。

书刊的丑恶或许也有伟大，神圣和有用的一面："揭穿这个世界的本来面目"（陀思妥耶夫斯基）——只是还嫌不够……不过，就"揭穿书刊的本来面目"而言，倒是成效卓著，这一点，从人们与日俱增的对书刊的厌恶中不难看出。不读。丢掉。没人援引它。没人迷信它。

"美妙的诱惑力宣告结束了。"

然而，这正是"古滕贝格[2]的诱惑力，迷惑力"。歌德和莎士比亚发表作品时，人们做梦也不会想到这诱惑力还有"结束"的一天。"没有永恒不灭的王国"。

要让作家走向没落。要让他们成为垃圾。"啊——这是事业"。"古滕贝格印刷机"的本来面目终于被揭穿——"与其出版这些胡说八道，还不如什么都不出版。"到20世纪末，所有的印刷厂都将被拆除，变卖。

---

1 拉丁语：生殖器崇拜。
2 古滕贝格（1394—1468），德国印刷术发明家。

谁也不会花钱买,
白送都没人要。

人们将再次摆脱"写作者"的束缚——或许,那时他们将学会跳舞,举办招待会,喜欢上音乐,喜欢上弥撒,再次学会神圣和纯粹地去爱。人们将是幸福的和严肃的。

因为,有书刊在,人们自然无法看到幸福和严肃,"就像无法看到自己的耳朵。"

布道又将成为可能。还会有萨瓦那罗拉[1]。还会有圣徒保罗。

果真会如此吗?这片曙光果真会升起吗?

这是美好和伟大的曙光。

崭新的。一切都是崭新的。

是的,文学跟我无缘。

不,这是个错误——我成为文学家。

是的,跟我无缘。

11月17日,想到没读过一篇《欧洲导报》,《俄罗斯道德》,《现代人》以及收到的其他刊物上的文章——整整一年,就连前些年也没读过一篇……这只有铅灌的脑袋才能钻进去。对了,
我还收到《当今世界》。

铅制的文学。由铅制的人写作。为铅制的读者而存在。如此,岂有不灭亡之理。

---

[1] 萨瓦那罗拉(1452—1498),意大利宗教政治活动家。

不用说，这种文学，弗罗伦斯基不读。茨维特科夫不读。勒齐只读使徒保罗和《新时代》。

聪明人中没谁读。包括我。而其余的人——见鬼去吧。甚至还可以去见《隐居》中的那两个字母——新闻检查机关一见那两个字母，立刻感觉到，它已经失身。

我清楚地记得，1895—1896年，我没有题材可写。

有音乐（在心里），却没有饭吃。

炉火烧得很旺，可没有米下锅。

在此，我的家庭经历以及跟"朋友"的关系起了作用。对犹太教的关注，对多神教的兴趣，对基督教的批判——一切都是从一种痛苦，一个点生发出来的。文学的和个人的是那么水乳交融，以至在我眼里，没有什么文学，只有"我的事业"。文学甚至彻底消失了，"跟我的事业毫无关系。"个人的转化成了普遍的。

事实上也的确如此。

我在文学方面的不拘小节和不修边幅就是由此而来。难道在自己家里还用得着讲究吗？文学给我的感觉就像"我的家"。我无法想象，在这个"家"里，我"应该"干什么，别人"期待"我干什么。

在"那个世界"我会问：

——哎，怎么样，维拉，那双旧套鞋穿来了吗？

因为在这个世界她问我：

——老爷，您这双套鞋太瘦了，给我吧。

午饭后我正想睡觉，便说：

——拿去吧，维拉。

她又黑又瘦，毫无生气，四十五岁了，可服侍我却忠诚老实。

我没想到要送她什么礼物。没意识到（确确实实）。如今回想起来，不知为什么，心里总不是滋味。这是二十三年前的事。

她平时少言寡语,从不顶撞主人。她腌了些黄瓜。9月份的时候拿出来给我们吃。硬得不能再硬。

——这是什么怪黄瓜呀,维拉?

——加了奶渣的。实成些。再过两个礼拜,就全好了。

肉丸。还有——黑果!

——这是什么怪东西,维拉?!

——从前在那些商人家里,我就是这么做的。加了黑奶油。

的确令人愉快。

在叶列茨

罗德泽维奇[1]家里有个女佣人。非常可爱。而主人却很残暴(数学教师)。

于是我,斯特洛依科夫,扎波尔斯基,斯泰因(当时住在瓦西里·马克西莫维奇那儿,楼上)决定报复他一下,因为他老给我们两分。

女佣人穿过底楼(教师住的地方)长长的走廊,双手捧着一只大碗,去给主人送汤。"真是天赐良机:我们从三面杀出,将她围住,并开始……在她的上衣里搜索什么。她生起气来,直骂我们,但无济于事(手里有东西)。她又不能跑(会摔碎那只大汤碗)。只有骂。我们几个人的手像蟑螂在她身上爬来爬去。不过并无特别的用意,还算是规矩。毕竟才四年级……"还不懂干坏事"。我们只想捉弄一下罗德泽维奇。

他是波兰人,天主教徒,伪君子,因参加"暴动"被流放到尼日尼。只要是波兰人,他一律肆无忌惮地给打三分以上(甚至包括一窍不通,随意旷课的戈尔斯基)。而对我们俄罗斯人,则几乎全给两分。

---

[1] 罗德泽维奇,尼热戈罗德的一位中学教师。

他身材矮小，跟侏儒差不多，一脸山羊胡子，很瘦，面相凶恶，而且，不知为什么，脖子上总缠着一根又脏又长的围巾。

说起话来跟打雷一样。活像萨蹄尔[1]或魔王再世。

第二天，走进教室，他没有像往常那样先坐下，而是换了一副腔调，用低沉沙哑的声音（班级里谁都不明白是怎么回事，除了"我们四个"）说：

"你——你——你们！……你们这些青一青一青年人——学坏了……你们当中有些人……竟敢……连自己的老师也不尊重……"

然而，他毕竟老奸巨猾，在这堂课上，我们四个人中，他谁都没提问（在黑板上证明定理）。

只是日后我们可苦了。

在尼日尼

可以标价出售的爱情似乎"很方便"："谁有五个卢布，谁就进来拿去。"不错，然而

花儿已调零，

火焰已熄灭……

他拿到的是什么呢？一块死橡皮。一只羊皮手套，而且是被唾弃被丢在地上的，他把它捡起来戴在自己的军官的手上或大学生的手上。"标价出售的爱情"绝对下流肮脏，应该将它千刀万剐，应该用大炮，用火药把它炸个粉碎（我学生时代的幻想）。应该像看待损害"国家信誉"的"伪币"一样看它。因为它，所有这些妓院，所有这些充斥街头夜间乱窜的妓女，会损害"家庭信誉"，会毁掉家庭，使婚姻成为"多此一举"（这一点感觉得到，看得出来）。然而，对一个民族来说，"婚姻"和"家庭"的重要性，并不在国

---

[1] 萨蹄尔：古希腊神话中半人半仙者，酒神的淫荡的伴侣，长着尾巴，角和山羊腿。

库和货币之下。

可卖淫现象却"当仁不让",有历史为证。如此说来,"不妨让它存在下去",但要以另外一种形式,要完全不同于现在:不能像肮脏的无家可归的狗那样,在马路上"来者不拒";不能像"小卖店"那样,什么人都可以买"三戈比的瓜子"。要换一种形象:不让人感到龌龊,不让人感到淫荡。

我有这样一个想法:晚上,从七点到九点(只是这段时间),所有自由的女人(没有丈夫的以及非"月光"下的),每人手拿一枝鲜花,穿着朴素,走出来,坐在自家房前的长椅上。她们的眼睛温顺地看着下面,她们不应该唱歌,也不应该说话。不能招呼任何人。一旁走过的人喜欢谁,就会在她面前停下来,礼貌地对她说:"你好。我跟你去。"接着,她站起来,也用不着打量他,就把他领进自己的家。这天晚上她将是他的妻子。为此,要把日子固定下来,比如一个礼拜里有哪些天,一个月乃至一年有哪些天。不妨让这些日子成为一种节日,在这期间,女人"破戒"可以得到宽恕。

……

全国,或全城,全村的妇女,凡没有能力实行一夫一妻制的,没有能力适应,保持和巩固一夫一妻制的,都可以加入到这个行列中来。她们不应该受到指责,也不应该受到鼓励。她们——只是一个事实。但她们应该监督自己,保持身体的洁净,神经的健康(完全的)。她们应该保持清新:因此,不能一天晚上接待两个(如今是走马灯一般,一个接一个),不能在自己月经时接客,不能在"法定时间"以外接客,否则将被开除。这样一来,卖淫的"下等酒馆"便会自动退出,而"妓女的灵魂"(她们有)也会从污秽中挣脱出来。不言而喻,她们应该有孩子,她们应该有生育能力。她们是家庭妇女:只是从早晨开始"守寡",到了晚上又"重新出嫁"(心理和自我意识仍然健全,没被扼杀,也没有萎缩)。

一个裁缝对我讲述了他的婚史：他"还未见识过自己的妻子"，一个大人物家的看门人的女儿。那时她才十七岁，父母嘱咐她说（这是他后来了解到的）："你要知道你已许配给人家"（意思是"你知道以后该怎么做"）。她是个放荡的女孩，喜欢谁（"看上谁"）就跟谁睡觉。丈夫（是个愁眉苦脸的小市民，很勤劳，"就是乏味"）她一点也不喜欢，已经过门儿了，还对丈夫不理不睬，更不让丈夫碰她。"新婚第一夜她把她姨妈领到我家来，跟她睡在一个房间里。"五天后，她又回了娘家。天天领丈夫的表妹到她单身的表兄家去，跟他成了"露水夫妻"。父母已经灰心丧气，不再管她——管也没有用。有意思的是，警察局也站在她一边（她很有魅力吧？），竟把可怜的丈夫关进"看守所"，或者把他"扣下"，不同意跟她分开就别想回家。在向我求教（当时我正在写有关离异的文章）之前，他没同意。我把我知道的告诉他："教会是不会批准你离婚的（因为没有证人），你必须忍耐。"他最恼火的是，她妨碍他工作，妨碍他正常生活，使得他"无法安心思考问题"——他自己也搞不清楚，他究竟是不是丈夫。这样的女人我还碰到过——受过教育，长相漂亮，言谈举止温文尔雅，叶甫盖尼娅·伊万诺夫娜给我讲的就是这样一个女人。我听了大吃一惊。叶甫盖尼·伊万诺夫娜最后还补充道："我没法不喜欢她，她是那么可爱，那么赏心悦目。"叶甫盖尼娅·伊万诺夫娜本人绝对是纯洁无瑕的。你看，这全是事实。

　　生儿育女能给父母一种难以言喻的感觉："我牢牢地贴在了大地上"，"大地已同我血肉相连"，"如今没什么能把我和大地（地球）分开"，我不会被忘却，被消灭了。

　　正是因为这个道理，各个民族，包括我们，结婚时都要举行仪式，唱歌，献花；新郎新娘要头戴花冠，身穿白衣白裙。

　　然而，往深些说，这还不是仪式；仪式是后来才有的，并显示了自己的重要性，而这重要性就体现在它依附的是什么。

也正是因为这个道理，在古代，新郎新娘进入洞房（耶路撒冷叫"胡普"）时，众人要设宴狂欢，而新郎新娘就在宴会期间交媾。在我们俄罗斯，直到不久以前还保留着这样的习俗：新郎新娘交媾之后，要把新娘的衬衫拿出去，送到"宴会"上，给大家看，以表明"他"的力量和"她"的纯洁。但这并不是"检查"：难道参加宴会者的心理就是要"审议借据上的签名"？起初这么做是因为父母高兴：两个家族——他的家族和她的家族的血液开始流入同一条河，交汇在一起，长成同一棵永恒的大树；"生命之树"将开花结果。他们要把自己的喜悦公之于众。安德列·波洛托夫的《手记》中，对展示新娘的衬衫作了详细的描述。在斯摩棱斯克省虔诚朴实的百姓中间，在普通市民和所有农民中间，至今仍保留着展示打湿的衬衫的隆重仪式。

但这一切都是次要的。重要的是那种做父母的感觉，仿佛他们在世上以更加充实的方式又出生了一次。对父母来说，儿女的交媾就是他们的再生。两个人的血液刚一突破肌体，流到一起，父母马上就会有一种形而上的认识：一根线脱离了他们，跟"另一个人"，"一个全新的人"，"一个我们家族以外的人"联系在了一起。这就好比姬蜂，伸出输精管，在别的种类的幼虫的身上刺个眼儿，把自己的精子注入幼虫体内，从中孵出这只姬蜂的"我"，并靠幼虫的身体获得滋养。对一方来说，这是残酷和致命的，而对另一方来说，却是爱的表现，是为"输精管"的快感和"永恒的生命"做的一件大好事。古代的一些习俗就是由此而来。比如，腓尼基女人总是走到岸边，把自己献给从水里游过来的外国人，亦即"像幼虫的身体一样"，快活地"接受姬蜂的精液"，为了把它带进自己的家，在那里生殖和培育它。古代几乎到处存在的"家庭卖淫现象"也是由此而来。这其实并不是什么丑恶的金钱交易，而是把"精子"作为一种绝对的世界价值"接进自己的家里"。从本质上说，也的确如此。所以说，并不是"她"使谁蒙羞，而是相反，是外国人，过路人或客人的拒绝输出精子使她蒙羞。这是一种侮辱，这是一种鄙夷，它使人们互相疏远，它使人们伤心流泪。反过来，如果"得到了精子"，她们就会兴高采烈，哈哈大笑，像下了蛋的母鸡。母鸡为什么要叫？因为她"给世界带来了好处"，因为她再也不是"世界的局外人"了。母鸡叫什么？她叫的是："世界是我的"，"我是世界的"，也就是说，"我"是世界上的一个物，一个人，"我"现在是"世界上的一种存在"——位于世界的"中心"，而不是"边缘"（角落）。

既然母鸡都有感觉，那么可想而知，人的感觉要强烈到何等程度！

孩子们啊，别相信父母：他们总是掩饰自己。

该死的忧郁让他们低下了头。但这是一时的苦闷，它很快会过去的。

抬起眼睛吧：太阳升起来了。

生命的太阳……

微笑的太阳……

罗扎诺夫的发现

莫非走在马路上的那些人，全都难免一死？

太可怕了。

穿越齐尼兹马戏团前面的广场时，在恐惧中

她怜悯我，把我当孤儿。

我怜悯她，把她当孤儿（当时的故事）。我们俩都曾经是被欺凌的，被侮辱的。

这就是我们全部的爱。

教会说:"不。"我对教会作个手势:"没门儿。"
这就是我的全部文学。
坐在孩子母亲的床边时,叶·巴诊所

出版物的主要口号是:诅咒,仇恨和诽谤。
回忆同苏沃林之死有关的一些文章

人只配得上一个纪念碑:一座土坟和一只木十字架。
金质的纪念碑只有狗才当之无愧。

暗淡的星星,憔悴的星星,
你始终在我面前独自闪烁。
你疾病缠身,你浑身颤抖,
你就要彻底销声匿迹……
叶·巴诊所,在吸烟的地方徘徊时

年老的,可爱的祖母们——请珍藏俄罗斯真理。
请珍藏,除了你们,再也找不到能珍藏它的人了。

要感谢生活的每一个瞬间。要永远留住生活的每一个瞬间。
我为什么写《隐居》

意义不在永恒中。意义在瞬间中。
瞬间即是永恒,而永恒只是瞬间的"环境"。是居住者的房间。
瞬间就是居住者,瞬间就是"我",就是太阳。

世界生活在伟大的魔法中。
世界本身就是魔法。

还有历史的"循环",还有行星的自转。

上帝欢喜世界。而世界欢喜上帝。

这就是宗教和祷告。世界在上帝面前"梳头",而上帝说(《创世记I》):"这多好啊。"每一样东西都好,每一天都好。

世界也对上帝略施"魔法":于是乎,上帝便用自己的独生儿子来换世界。

这就是秘密。

不,世界并没有变冷,还没有变冷。这只是你们的错觉。热——是世界的本质,爱——是世界的本质。

还有这黝黑的颜色,丰润的脸颊。还有这世界的乳房,世界的怀抱的秘密。

还有渺小的罗扎诺夫,依偎在世界的怀抱里,永远地吮吸它的乳汁。我爱这世界的乳头,黝黑,芬芳,周围略微带点儿汗毛。我用双手把着柔软而又富有弹性的乳房,世界的格拉维兹那遥知我的存在,保佑着我。

它给我乳汁,智慧和火焰的乳汁。

因此,我爱上帝。

1912 年 12 月 24 日,在诊所,孩子母亲身旁

当代启示录

温柔之女

你没有在世界上消失,姑娘……啊,温柔中最温柔的姑娘……你惊恐又兴奋的眼睛注视着它。

你若有所思注视着……充满爱恋地注视着……你唱起歌儿……用发带扎起辫子……

你的心在怦怦跳荡。你的心在苦苦等待。

豪门显贵们在世界上行走。他们谈吐优雅。他们是饱学之士。这一切美妙动人。你看着这一切,你并不羡慕。你只想靠近并追随什么。

你的心在追随一切。你想在唱诗班里唱歌。

但没有人发现你,也没有人拿走你的歌儿。于是你就站在圆柱旁。

我不会离去,我跟世界在一起。我不想离去。我宁愿留下,跟你在一起,我要拉起你的手,跟你站在一起。

即使世界末日来临,我仍将跟你站在一起,永远也不离去。

你可知道姑娘,是"世界消失",而不是"我们消失"。世界定会消失且已经消失。而我和你将永远同在。

因为公正与我们同在。而世界却不公正。

发生了这样一件事

世界上有一个误会,或许,连上帝自己也不甚了然。在他的创世中,"发生了这样一件事",这对他来说也是出乎意料的。我认为,非理性主义,神秘主义(神秘主义坏的一部分)和模糊性正是由此而来。世界是和谐的,且这是"当然"的。智慧、善和美,这是神性。但"弱肉强食",这却不是神性。猫头鹰吃小兔子——这里没有上帝。和谐与善的上帝。

到底发生了什么事？从世界之初以来一直无人知道，上帝也不知道，也不明白。与之抗衡并战胜之——上帝也无能为力。于是，"我想生一个聪明漂亮的男孩"，可生下来的却是"有六个手指，先天不足且脾气怪癖的孩子"。我们的地球也是这样。似乎她在怀孕时受了什么惊吓，生下来的"不是根据上帝的旨意"，而是"多少有些适得其反"。于是乎神的东西便同这"适得其反"纠缠在了一起……

面对这"适得其反"，上帝也屈服了。犹如一个苦恼的父亲，望着这"适得其反"的孩子，有心挽回失误，无奈回天乏术。那么，也就只好"爱屋及乌"了……

祖 父

当你对爱情心灰意冷，当你对衣着不再讲究，当你对粗茶淡饭习以为常，你便可以很自然地称自己为"基督徒"了。

秃顶，留一把花白的胡子，

祖父在那里正襟危坐。

面前放着一只盛面包和水的汤钵。

——你是谁呀，祖父？

——хресТьянин……КресТьянин……

或像陀思妥耶夫斯基英明而准确地改写的那样："ХрИСТиаНИН[1]。"

上帝啊，教条主义者，历史学家，辩护士为何要制造这么多的麻烦，当事情可以用一个伟大的"不必"来表达？

日复一日

面包啊，面包……

---

[1] 俄语中"农民"与"基督徒"谐音，如不严格规范，很容易彼此混淆。

黑麦面包……

再有点儿肉该多好……

这可怕的夜间的寒冷。各种恐怖的想法纷至沓来。在自然现象"寒冷"中,有一种与作为"热血机体"的人的机体相敌对的东西。他害怕寒冷,并且是灵魂怕,而不是皮肤和肌肉。他的灵魂变得粗糙,坚硬,就像"遇冷的鹅皮"。这就是你们要的"人的个性的自由"。不,只有"屋子里温暖如春","灵魂才是自由的"。否则它就不是自由的,而是恐惧的,胆怯的,粗糙的。

食物给人留下的印象如今很重要。我发现,真是耻辱,主人和仆人也在同样程度上认识到了这一点。而且,穷人已不感到羞耻,苦命人也已不感到羞耻。最近去莫斯科,回来时在雅罗斯拉夫尔车站逛了一圈,想看看人们吃的是什么。送我的女儿难过地坐着,用袖筒捂住鼻子。一个士兵,从抹布包里取出一个长条面包,连闻也没闻,掰下一大块便吃。然而,面包的香味,就像菜汤里的肉的香味,是一种比吃饱喝足本身更深不可测的东西。哦,我明白了,难怪所罗门神庙里的祭坛上做了鼻孔,并传说"他"——指上帝——"吸食自己的祭品的脂肪香味"。

太 阳

太阳是否关心地球?

无从知道:太阳对地球的引力"与重量成正比,与距离的平方成反比"。

如此,则哥白尼[1]关于太阳与地球的第一个答案是荒谬的。

确实荒谬。

---

[1] 哥白尼(1475—1543),波兰天文学家,日心说创始人。

他"计算出来了"。但我认为,把这些"数据"应用于道德现象是愚不可及的。

他的答案既愚不可及,又毫无意义。

地球的堕落,天国的毁灭,正是始于哥白尼对太阳与地球的道德问题做出的回答。

"当然,地球并不拥有太阳对自己的关心,而只是与距离的立方成比例地受其吸引。"

呸!

圣 子

为了让儿子出生,需要允许父亲有某种缺点。圣父是完美的,圣父就是一切。圣父是太阳是灵魂是太阳真理。他的光芒无处不在直到宇宙尽头。圣父就是终极。

圣子出世意味着什么?仅仅是假设圣父在什么方面的创造尚不彻底?或许,是他没学会或没学完?但他还是带来了"道德法则"(在西奈半岛)。创造"地球"、"太阳与月亮"、"光明与黑夜"全然不是一回事。那又是什么呢?是怎么回事呢?

除了怀疑圣父的完美以外,不可能有别的解释。"圣父——这并不是一切也并不是终极"。

于是乎便需要圣子了。

太 阳

太阳有生命吗?

此乃太阳最神秘之处,甚至唯一的神秘之处。一切有知识的人,从拉普拉斯[1]到中学生,无一例外,都确信:太阳"当然没有生命",

---

[1] 拉普拉斯(1749—1827),法国天文学家、数理学家。

它是一个"物体"……

但它为什么不熄灭?——"会熄灭的"。可过去的时间已足够让它熄灭了呀。足够了吗?噢,好像是……

"地球上的生命来自太阳"。来自太阳吗?看上去是。有生的东西来自机械的东西吗?奇怪。"对。但原子论就是这么说的。""原子始终在碰撞。"

可是,如果它是有生命的呢?那么,关于上帝的第一个想法便是:"就是说,你不是上帝。"奇怪。

"太阳是有生命的。"请允许我们同意这个假说。同意它不是一句空话,而是真实的存在。但它究竟是怎么有生命的呢?"在这样的火焰之中?"——在这样的火焰中,生命会完结。如果这个假说成立,那么便意味着,对生命而言,不存在温度极限。奇怪。

不,看上去——"是没有生命的"。"在这样的高温下,一切都将沸腾,一切都将熔化。"

它有无灵魂?这是个问题。"在超高温下灵魂会怎样?"

不知道。

为什么行星围绕太阳运行?为什么不在太阳旁边"停"下来?"那会掉下去的。"可是,即便掉下去,也没什么了不起嘛。"堆儿小,往上挤啊。"

对行星运行和太阳本身,科学,甚至十二分的科学,至今一无所知。拉普拉斯懂得的东西,跟一个中学生没什么两样。

对了,还有:是什么包容什么?是太阳系包容福音书呢,还是福音书包容太阳系?

不完全是坏事

> "来统治我们领导我们吧。我们地大物博,
> 只是缺少装束。"
>
> ——涅斯捷洛夫史记

> 天帝穿着奴隶的衣服
> 从天国降临人世，
> 　把整个的你，故乡的土地，祝福。
>
> ——丘特切夫

同犹太人惊人地相似。惊人到了如出一辙的程度。历史学家疏忽了，而斯拉夫主义者又没有想到，这根本不是"逆来顺受"的人民要"放弃权力"，而是不会掌权，没有掌权的才能，或者说，他们有的是露宿街头的才能——这反倒更好，更占优势。

"我们再不能恶语中伤和任人唯亲了。"

千真万确，在德国人的治理下，我们会更好。德国人会给我们管理得井井有条——"就像在里加。"他们会建立起让我们一直反感的警察局，还有各厅，各部。他们不会收受贿赂。从苏马罗科夫到谢德林，一直让我们痛心疾首的"上帝的装束"问题，终于可以解决了。那么，让他们滚蛋吧，蠢货。还有呢；最后，最后德国人将教会我们俄罗斯的爱国主义，正如他们杰出的维格尔和达里。不过这样的人只有两个，且他们还能做什么呢？

而我们将控制他们的灵魂，如此忠诚和热情地，就像控制维格尔[1]、达里[2]、维杰涅克[3]（沃斯托科夫）和吉尔菲尔丁[4]的灵魂。须知还没有一个俄国人在灵魂上变成德国人，因为他们实在是蠢货，几乎没有灵魂。正因如此才这么善于"管理"。

德国征服俄罗斯将是确确实实，俄罗斯征服德国——从内里和精神上也将是确确实实。我们最终将把他们，把他们中的优秀者改造成人的模样，而不是御马司。否则他们会为御马司或侍卫长而把

---

1 维格尔（1786—1856），俄国回忆录作家。
2 达里（1801—1872），俄国作家，词典编纂家，院士。
3 沃斯托科夫（1781—1864），语文学家，诗人，院士。
4 吉尔菲尔丁（1831—1872），俄国民俗学家，历史学家。

人脸丢尽。

我们将教会他们跳舞，奏乐和唱歌。也许，甚至教会他们祷告。作为回报，他们将为我们采矿，亦即去流放；将为我们耕地，亦即当农夫；将在机床上工作，亦即当工人。他们将去经营俄国人不曾经营的药店，他们将为我们做俄国人不曾做过的法国芥末膏。

我们将送给他们预言家，我们还将尝试送给他们关于"神圣"的概念——这几乎是不可思议的，但何妨一试。我们将教会他们说话，唱歌，讲故事。

从根本上说，我们将是他们的主人，而他们将是我们的保姆。他们要爱我们服从我们，在物质上服务于我们。我们将在精神上教育他们。

因为到那时我们的虚无主义就会消亡。虚无主义乃是人对不会做他根本不愿做的事的一种绝望。

我们跟犹太人一样，志在思想和情感，祷告和音乐，但不是统治。我们已经不幸和有害地控制了六分之一陆地的灵与肉。这种控制其实是毁了六分之一的陆地。地球忍无可忍，把一切都颠倒过来了。是地球，而不是德意志人。

危险的范畴

魔力，魅力，狡诈。

令人惊讶的是，没有任何不道德的阶梯通向"狡诈"——这个特别而又深重的罪孽范畴，除非踏上第一级：魔力……

——这是怎么回事？为什么？

——有魔力，所以不受指责，从而掩盖了自己的缺点，而且能吸引所有的人，只要你一见到他或听到他。

——有魅力，由于具有纯洁和美的品质，人人都会追随他。

这可真怪了：怎么会从纯洁和美之中一下子出了个第三者？这一点儿也不合常理。然而，这么说吧，只要你的眼睛是正常的，不带任何偏见,你就会忽然发现,危险的范畴恰好始于两个品质:魔力,魅力。

因此,"根据先知的预言",要特别小心没有缺点的人,假如一旦你遇到他——有魅力的人。

有鉴于此,最好立下誓言:

——宁可让他有点儿小毛病,哪怕是缺点,也不要十全十美。人们奉为神明的古代最伟大的人——人们甚至还试图寻找他作为神的陵墓,但没找到——也毕竟是人,用斯拉夫语来说,即"古格尼夫"。也就是说,他口齿不清,说话结巴。"他拯救了上帝的人民,使之免受奴役",还给了人民"所有的(所有的!)法律",然而,他却恰好是一个结巴。这一品质简直可笑,但这品质是无辜的。正是根据这"可笑"与"无辜"的结合,我们才能认识神的典籍和神的事迹。

的确如此:神的事迹和典籍从未导致任何"坏的结果"。应该指出的是:"狡诈"是根据结果而被认识的。

因为能直接看到的只有:"魔力"和"魅力"。

基督之火

哪里焚烧着基督之火,
只要是真正地焚烧,
哪里就寸草不生。
包括萨里姆(所罗门)城。
还有犹太的命运。
还有要求把自己"不是像我主耶稣那样,而是倒立着"钉在十字架上,以便"自己的头能和敬爱的老师的脚在一起"的保罗。还有我们的阉割派教徒。
首先领悟到这一点的是耶稣会教徒。
他们说:"不要过于执著。"然后开始在巴拉圭做生意。

世界的秘密

只有你才是美的,我主耶稣!你以自己的美辱骂了世界。而世界,要知道,乃是上帝的。

你为何要说:"我与圣父乃是一体?"你们何止是"一体",你还是他的叛逆。你将沙特恩与乌拉诺斯[1]的故事重演了一遍。

你阉割了他。且你来的目的就是为了阉割他。就是这样的!就是这样的!就是这样的!那些关于阉割的话我终于领悟了。还有福音书中说的,他们已经没有爱,而只是像"上帝的天使"一样活着:仿佛手执蜡烛,被涂上一层第聂伯河沿岸生产的油彩。啊,太可怕了,太可怕了……

你整个都是可怕的。你不是平凡,而恰恰是可怕。你复活了啊,我相信!"我一升天,就把所有的人带走。"

然而——凭什么?

啊,你不是人类的朋友。不,不是朋友。"契约","诫条"(指《旧约》),这看上去只是形式,枯燥乏味。但你是多么可怕地压迫了他们啊,简直是奴役。他们确确实实成了"主的奴隶"……一直到死,一直到殉教。

还不够触目惊心吗:"没有一个殉教者得到宽恕。"而你是能够做到的。

能够吗?

啊……

毫无疑问,复活了拉撒路[2]的人是能够做到的。就是说——是你不想?

---

[1] 乌拉诺斯,希腊神话中的天神,大地之神盖雅的丈夫,被儿子克罗诺斯推翻。
[2] 拉撒路,《圣经》传说中第一个被基督复活者。

啊，啊，啊……

你无所不能，我主耶稣。你曾"震撼天空和大地"。

你甚至没有把孩子从天空的折磨、大地的苦难中解救出来。

奴隶，奴隶……不错，"契约"是"神圣"的。"你之于我，如同我之于你"。你把所有的屈辱留给了别人，自己却拿走了所有的荣誉。既然如此，那么，你难道真的不明白，为什么虔诚的以色列会起来反抗你呢？以色列起来反抗你，它也不明白为什么。"似乎不是那么回事。"什么"不是那么回事"？辱骂完上帝的创造，你辱骂的最多的是——抨击得既特别又可怕——"耶和华的少年。"于是他，虽然同样不明白"什么"和"为什么"，也起来反抗你。

这就是谜底，这就是谜底，这就是谜底。

喂，听着："野地的百合花"固然很美，可要知道，人也并不逊色！你干啥总往他身上"钉罪"？干啥总拿苦难吓唬他？"那里将有不灭的火和咬牙切齿声"。真可爱。

总之，在你的创造——其实是"圣父"的特殊创造——里，一切都很可爱。人们再不能越轨，再不能相爱，再不能繁殖。人人都听命于你，就像这可怜的马利亚。

啊，可怜的马利亚，可怜的马利亚……在威严的天国里，她会不会也成为被你遗忘的殉教者呢？

沙漠中的诱惑

为了成为"清白之身"，基督需要远离世界……放弃世界……亦即使世界失去力量。

"力量"是罪孽。没有力量只能一事无成。于是必须选择：要么事业，要么"洁身自好"。

基督选择了"洁身"之道。沙漠里的诱惑之含义即在于此。"我给你世界上所有的王国。"他没要。但他当时又是怎样"拯救世界"的呢？无为而救之。"你们也去沙漠吧。"

不要王国……不要世界……什么都不要……虚无主义。啊哈，看吧，这就是它的根。"没有馅的世界"……没有馅的馅饼。"好吃吗？"不过，的确：基督掏光了馅饼的馅，说这就叫"基督教"。

太　阳

有人说："没有永恒不灭的东西。"他们试图证明：科学。

用鼻子拱地的猪：朝上看一看，太阳。

说"太阳累了"，"正在失去能量"——无稽之谈。要知道，它永不衰竭，它永远活着。若说有什么东西"永远新鲜"的话，那便是太阳……日珥。阳光。火山。日冕（日蚀时可以看见）。还有这些神秘的"紫外线"，据说，生命即是由此而来。

RELIGIO[1]

生长。

过去有宗教，现在有宗教，将来还会有宗教。

为什么"将来还会有宗教"？

因为有——生长。

成长，"壮大"。"壮大"的谜底是"进步"，"发展"。一切都可以由一个"点"扩大成一个"圆"。世界便是由上帝这个点扩大成一个"美的宇宙"的。

世界何处无上帝？上帝何处无世界？

他们就是这样相互联系的。"RELIGIO"……祷告。没有不祷告的东西，因为它在"生长"。而且它知道，是由一个点，是由"父亲"这个点生长的。

---

[1] 拉丁语：宗教。

也没有不是保护神的上帝。这是天道。因为点知道自己的圆，正如母鸡知道自己下的蛋。

天空、大地、星辰就是这样出来的。它们是"出来的"，因为世界就是宗教：不是因为"宗教在世界上产生"，而恰好相反，完全相反：正是因为宇宙的秘密和本质乃是祷告——仿佛一声喘息和一个影子——"月亮、星辰和大地"才得以"出来"，"一切才旋转成为天空"。

可以说，这声喘息就是"一口气"，"一团雾"，"万物"便是由此而来。因此，"万物"一经产生，便自然有了"呼吸"。

它呼吸，因为它来自一声"喘息"，而这"喘息"就是上帝。

上帝不是存在。不是万能。上帝是"第一缕轻风"，"第一个早晨"。"然后"——万物便由此而产生了。

再论"圣子"与"圣父"的关系

人子——尘世的不完美的人子——之所以出生，是因为父亲不完美，不圆满，有棱有角（这是问题的核心，核心的外形，一切核心的圆满性的本体论基础）。

作为人子的孩子，永远不像父亲，与其说是父亲的翻版，不如说是父亲的叛逆。那种认为儿子是父亲的同义反复，跟父亲没有区别的想法，同宇宙和本体的合理性相矛盾：重复无论如何总是愚蠢的，从本体论上讲也是不可能的。

因此，如果有人说"我和父亲乃是一体"，肯定会引起人们的困惑："何以见得？"——"为何要重复？"不，儿子之所以到来，显然是为了补充不完美、有缺陷的父亲。没有父亲本体意义上的缺陷，就不可能有儿子，即便父亲永远是个"生育者"，甚至就其实质而言，也的确永远是个"生育者"。但他"生的是世界"，且最终拥有生育的能力和美，尽管并没有在尘世或历史上表现出来。确切地说，他恰好是在继续创造世界，至今仍未终止，参与所有生物的分娩；编结所有生物的神经和组织，从一朵花儿到一个人，对哪个都不偏心。然而，要让作为个人的"儿子出世"，只有让他在大地上有一番新的见解和新的作为，这才有可能。没有新意就没有儿子。说不同于父亲有别于父亲的话——这是儿子来的唯一目的。没有对父亲的反叛就没有儿子。

福音书中也是这么讲的。"古人说……——而（但）我说……"其实，这并不是古人说的，而是圣父制订的法律说的。比如"以眼还眼"和"谁打了你的左脸，你就送上右脸"。"以眼还眼"是公正惩罚的本体论依据。没有"以眼还眼"，便会有罪无罚。而"惩罚"甚至可以表现为良心的谴责（这比肉体的惩罚更严重）——它是存在的，且与世界本体地，即与世界同时间同空间地，存在于世界灵魂之中。正由于这惩罚在世界上是合乎法律，合乎天父的法律的，才导致基督的"脸"——与圣父的仁慈背道而驰（无处不是这样）——把人类引向绝望的痛苦，引向自杀的意念或将世界搞得面目全非和混沌不堪的渊薮。再者，使徒保罗[1]的话也能证明这一点："我这可怜的人，谁能让我摆脱这肉体的死亡呢。"这简直就是该隐[2]的哀号，而且，它无疑跟废除割礼的罪过，即跟他出于无知而破坏《旧约》（显然是整个《旧约》）有关系。福音书中到处都是，每当发生被人打了脸这样的"小事"，基督总是给人一些空洞的安慰，殊不知，他其实是害了别人，给人的生命布满虚幻的、不切实际的东西的"荆棘和杂草"，使人不堪忍受，痛不欲生。实际上，"正义"和"惩罚"乃是人世间一种普通和正常的东西，没有它，尘世便会失去平衡。这也是一种简单明了、永恒不灭的东西，正是它评判着父亲的所谓"完美性"和永恒的合理性——让人流泪、疯狂和伤感的地方。基督的苦难开始了。基督的反叛开始了。

---

1 保罗，基督教传说中的使徒之一。
2 该隐，《圣经》神话中亚当和夏娃的长子，因杀弟亚伯受到上帝谴责。

论世界的情欲

这里的尘世生命已经蕴藏着非尘世生命的根。正如诗中所说:
>最大的快感在战斗中……

这是马尔斯和阿瑞斯,战神马尔斯和阿瑞斯:他们跟众神一样。
>在无边黑暗的尽头,
>在风暴的肆虐中,
>在疫病的传播中……
>也许,有不死的保证。

怎样的思想,怎样的思想,本能地在普希金的笔下流出啊!恰是"不死和永生的保证"。这是古代的冥府和乐土:我们怎能不相信它,相信它的真实性呢。既然在基督徒普希金,诗人普希金,写这首诗时并未想到古人的普希金的笔下,忽然出乎意外地,忽然不由自主地,忽然不可抗拒地流出这样的思想,流向罗马人,流向希腊人,流向阴间,与赫西厄德[1]和荷马[2]的思想遥相呼应……

看到幼虫、蛹、蛾时,我并没有悟出什么;一方面,我始终把它们看成同一种生灵,可另一方面,如此显而易见,以至我不能不承认,它们不是一回事。

于是我去找在我家作过客的朋友卡普捷列夫[3]和弗罗伦斯基,一位是生物学家,一位是神父。我问他们:

"先生们,在幼虫、蛹和蛾之中,'我'是其中的哪个?亦即,'我'似乎是一个字母,一个光点,一道亮光。'我'既是一个'点',又是'什么也不是'。"

---

1 赫西厄德(公元前8—7世纪),古希腊诗人。
2 荷马,传说中的古希腊诗人,著有史诗《伊利亚特》和《奥德赛》。
3 卡普捷列夫(1847—1917),宗教史家。

卡普捷列夫沉默不语，弗罗伦斯基稍加思索，说道："毫无疑问，蛾乃是幼虫和蛹的隐德来希[1]。"

"隐德来希"是亚里士多德的术语，也是最有名的术语之一，是亚里士多德根据文法生造的。曾有一个中世纪经院哲学家以灵魂跟魔鬼打赌，仅仅为了让他哪怕是在梦中给他一个解释，亚里士多德的"隐德来希"的确切含义到底是什么。不过，除此之外亚里士多德还有一句话："灵魂乃是肉体的隐德来希。"于是我根据弗罗伦斯基的回答（然而除此之外他还能怎样回答呢？）马上断定："蛾"实际上就是，神秘和形而上学意义上的，幼虫和蛹的灵魂。

这个惊天动地的天体演化学发现就这样诞生了。可以说，是我们三个人共同发现了昆虫的灵魂，这比发现和证明人的灵魂还要早。

现在让我们来研究一下，"灵魂究竟在干什么？"

"采蜜"，"在花中觅食"。这是令人怀疑和指责的。其实：蝴蝶根本没有嘴，没有喝和吸收硬食物的器官。作为生物学家，卡普捷列夫马上说："它们（他没说所有的）没有肠（我在什么地方读过，似乎是——有时没有肠），这是否意味着，也没有胃呢？当然！这是怎样的怪物，怎样的存在呢？是一种不进食的生物。它们寿命如何？有如苍蝇者，有如蜉蝣者。"但不管怎么说，它们——无疑是所有的——都要进行性交。就是说，"来世"的主要定义就是"性交"：如此，则性交之不可抗拒性，永不满足性以及神圣性，便不言自明了：无论你欢呼也好，哀叹也罢，这都将是一份"圣礼"（婚姻的圣礼）。越往下继续，发现越多。这是一份"天国的圣礼"，它绝对不只给了人，也给了昆虫，整个动物界和植物界。而且，它的核心就是性交。由此看来，"性器官的羞涩"也就不难理解了：

---

[1] 隐德来希，亚里士多德的哲学术语，表示他对事物发展的看法所持目的论原则；又，在唯心主义的活力论中，它指的是臆造的神秘的非物质的"活力"。

这是"来世生命",而且是通过这我们进入"阴间生命",进入"来世生命"。

奇怪:何谓快感,此时也不言而喻了。"伊甸园,幸福。"然而,不仅如此:让我们转向"花蜜"。昆虫(不只蝴蝶,还有甲虫,金龟子,瓢虫)在对自己来说是庞然大物的树,特别是灌木、玫瑰花、夹竹桃、兰花一类植物的性器官里"觅食",这确实令人惊讶不已。对蝴蝶来说,花是什么呢?这是应该搞清楚的,而且必须从本体论上搞清楚。对每一个昆虫而言,一棵树和一枝花,一个花园和遍地的花,乃是"天堂",这并非不可能……更何况本来就是这样:"夏天,暖融融的,阳光普照",它们飞出来,从花上"采蜜"。这时你不可能不想象"花蜜与灵魂的结合"以及"灵魂之于花蜜是什么"?"花蜜之于灵魂是什么"?古希腊神话说:"奥林匹斯山上的众神吃的是花蜜和芳香。"但先于神话且与之平行的是:如何才能解释"究竟为什么花有芳香","为什么植物有如此大的花,以至能钻进去整个昆虫"。显然:花的大小正是为了容得下整个昆虫。于是,"植物会听会思考"(古代神话)就不言而喻了;还有,它们有灵魂,而且是怎样的灵魂啊——也就不言而喻了……但更有意思的是:花园,概言之,各种各样的花园,既是"我们的和大地的",也有几分不是"我们的",不是"大地的",而是"阴间的"和"来世的"。于是"冬天和夏天"也不言而喻了,因为只有来自冬天且通过冬天,"在地里"躺上一个冬天,种子才能"破土而出"。根据规律,蝴蝶的"蛹"其实也是这样的。

如此,则"我们的田野"其实也是"阴间的田野","阴间的土地"。于是自然也就有了:

当发黄的田地躁动不安……
我便看见天国里的上帝……
……

人在花园中体验到的,我们在田野中体验到的,我们在树林中体验到的,用理性无论如何解释不清的那种特别而又躁动的感觉,全都不言而喻了。为什么"安泰一接触大地母亲便会恢复神力"不言而喻了。在古代,很多东西当时是可以解释的,正如陀思妥耶夫斯基那句惊人的,抵得上整个"多神教徒歌德"的至理名言:"上帝从另一宇宙拿来种子,撒在地球上。于是便长出了能够长出的一切。但地球上的一切都是通过同另一宇宙的神秘接触而生存的。"这已经是整个多神教。已经是,比如,整个神庙如林,圆柱如树,柱头如花的埃及。我们的每一个"花园"同时也是"神秘的神庙",不但可以"坐在里面休息",还可以"坐在里面祷告"。于是"古代神圣的树林"也就不言而喻了,"林中傍晚的寂静"也就不言而喻了,"整个自然界都是神圣的",并非"只有神学才是神圣的",也就不言而喻了。还是让我们回到欲与火上来。

通过它们和"酒神节"的确能神秘地显露出"来世生命"。请看一看,小蝴蝶是如何令人怀疑和指责地跟花儿调情。的确不能不指责之。然而……"来世生命"并且……为之奈何。于是,"古代的酒神节"从何而来为什么会产生,以及"没有酒神节便没有古代宗教"就不言而喻了。你会想起奥林匹斯山的"花蜜与芳香",还有我为什么要用图画,而不敢用语言来解释《东方情节》中的埃及神秘仪式。如今,参观钱币收藏品——所有可能的国家的有着精确图案的钱币——的时候,我已是怀着一种同源感和无声的理解来看待它们:正如我在《东方情节》中那样,古人默默地,无言地用它们来表示自己喜爱的神秘仪式,他们什么都明白,什么都知道,但他们谁也不说一句话,仿佛是对"来世生命"保持沉默——是的,在这尘世生命中,应该永远对"来世生命"保持沉默。

然而……那么"我们的情欲"从何而来呢?这情欲实际是"日珥"(火炬,太阳体内的喷发)。这么说太阳也有情欲啰?确实,"太阳也有污点。"只有基督没有污点。而我们的太阳是有"罪孽"的,发光发热;发光——每逢春天,当它变"大",当它不只发热,而且开始发烫;那时所有的动物便开始怀孕。太阳的力量,太阳的"罪过"——转移到了动物身上。万物开始发胖,肚子开始长大。大地主动索要种子……这就是德美特拉[1],这就是盖雅[2],还有再次"耸起乳房祷告的躁动不安的田地"。怎么,对基督教说这"不是真的"吗?说只有神学院里才有神学吗?要知道,扑向母牛的公牛身上更有神学……总之:

　　春天来了,春天来了,
　　到处是绿色的喧闹,——

这是与真理相符的多神教,这是阿匹斯[3]和塞拉匹斯[4]。

卡普捷列夫沉思着说道:通过观察发现:在缠裹着茧,看上去已死了的幼虫里,肌体组织的确在发生变化。因此,它并不是假死,而是真死……只是在死了的幼虫身上开始出现一个另外的东西,这东西恰恰是这一个幼虫的,似乎它是一个人物,而且有名有姓:因为从每个幼虫中长出来的蝴蝶都是固定的,是"这一个"。如果你用一根针刺穿这只幼虫,便不会有蝴蝶长出来,什么也长不出来,棺椁还是棺椁,而肉体却不能复活。"于是,于是我明白了,为什么菲拉赫人(古埃及人后裔,显然仍保留着祖先的信仰)要哭着向偷运金字塔和皇陵中的木乃伊的欧洲人开枪。他们,这些虚无主义者,这些虽生犹死的人,这些浑身腐臭的人,既不懂得生,也不懂得死,破坏了他们(菲拉赫人)祖先的躯体的完整",也因此而夺去了他们的"复活"。他们,对此卡普捷列夫曾予以警告,好比"把木乃伊分成了两半",好比用针刺穿了"蛹",使它从此进入"无存在的死亡"。于是,我更加坚定地认为:"蝴蝶即幼虫的灵魂","是幼虫的隐德来希"(弗罗伦斯基);而更重要的是,我证明了:埃及人在思考和发现"阴间生命"方面跟我不谋而合,殊途同归。这既是他们的"发明"与发现,又是普遍的真理。于是我开始明白

1　德美特拉,希腊神话中的土地神,农神。
2　盖雅,希腊神话中司土地和地下世界的神。
3　阿匹斯,古埃及神话中的神牛。
4　塞拉匹斯,希腊化时代的埃及神,有时与阿匹斯等同。

木乃伊的石棺。谁在冬宫博物馆的底楼见过它,谁就不能不首先为其庞大而吃惊。为什么这么庞大的石棺对死者的木乃伊来说却根本不觉得大呢?因为、这是人蛹的"茧"嘛;石棺肯定是也恰恰是模仿茧做成的。就像幼虫为自己做茧那样,古埃及人为自己建造了这长圆形的平滑的"茧",以便"化蛹"。尸体用布"裹起来",就像蚕的幼虫,"直接从自身中吐出丝",直接为自己做"丝的衬衣"。

这上面是一层褐色的硬壳。这是石棺,永远是单一的褐色。它好像是石膏的,就材料性质而言很像蛹的外壳,因为幼虫的身体渗出的正是一种类似石灰的东西。总的说来,埃及人的安葬仪式恰好是对化蛹的幼虫的模仿。而更重要的是,金龟子——甲虫——昆虫正是由此而成为"向未来的阴间生命转化的象征"。

这便是埃及神中最著名的,也可以说是最伟大的神。为什么是昆虫呢?这正与我的推论不谋而合。主要的,最主要的是,埃及人发现了这"昆虫形态的未来生命"。他们正是由此,通过昆虫,通过金龟子而发现了它,并使之不朽。这是一种崇高的纪念,是一种回忆和对自己的历史的充满感激的记忆,也是他们的历史的意义所在。很多问题由此而得到解释,例如,为什么在豪华宴会期间特别是家庭宴会期间他们喜欢"展示木乃伊"。这不是悲伤,不是恐惧,不是威胁。不是"基督徒用死发出的",可以取消一切欢乐的,"十恶不赦的恫吓"。相反,相反:这是一种保证生之永恒,生之快乐,生之轻盈,生之美好的欢乐。"我们现在的欢乐还不完整","我们的宴会还不是完整的宴会"。"只有当一切完结的时候,我们才能进入完整的爱,完整的宴会,美酒佳肴,尽情享乐。我们的酒不会枯竭,我们的畅饮将比尘世的所有畅饮更甘甜,因为这将是纯洁的爱,是物质的爱,实在的爱,只不过它似乎来自阳光,来自阴间花朵的光芒、芬芳和精华。因为花儿的所在就是阴间的所在。"

天国的玫瑰啊,天国的玫瑰!埃及人带来的木乃伊。